탈무드

탈무드

초판 1쇄 인쇄_ 2022년 4월 25일 | 초판 1쇄 발행_ 2022년 4월 30일
엮은이_김태균 | 펴낸이_오광수 외 1인 | 펴낸곳_새론북스
주소_서울시 용산구 한강대로 76길 11-12 5층 501호
전화_02)3275-1339 | 팩스_02)3275-1340 | 출판등록_제2016-000037호
E-mail_ jinsungok@empal.com
ISBN_978-89-93536-66-9 03800
※ 책 값은 뒤표지에 있습니다.
※ 새론북스는 도서출판 꿈과희망의 계열사입니다.
ⓒPrinted in Korea. | ※ 잘못된 책은 바꾸어 드립니다.

TalMud

평생에 한번은
꼭 읽어야 할
탈무드

—— 김태균 엮음 ——

지혜는 타고난 것이 아니라
배워서 얻게 되는 것이다!

지혜의 곳간을 위한 책!

새론북스

여는 글

지혜는 타고나는 것이 아니라 배워서 얻게 되는 것이다. 그 지혜를 유대인들은 사다리를 밟고 올라가듯 하나하나 탈무드를 통해 배운다.

탈무드에는 유대인에게 오랫동안 전해 내려온 예지와 지식 그리고 삶이 녹아 있다. 역사는 물론이고 법, 인물, 인생이 무엇인지, 인간의 존엄성은 무엇인지 또한 행복과 사랑에 대한 정체성, 유대인의 지知적 재산과 정신적 영양소 모두가 담겨 있다. 그래서 유대인은 탈무드를 일컬어 '바다'라고 표현한다.

모두 스무 권으로, 만이천 페이지에 달하고 250만 단어에 책의 무게가 75킬로그램에 이를 정도로 방대하며 세상 모든 것이 그 안에 있고, 또 그 깊은 곳에 무엇이 있는지 미처 헤아릴 수가 없기 때문이다.

탈무드는 유대인의 영혼과도 같은 것이다. 그래서 유대인들은 학교에서의 공부보다도 탈무드를 먼저 배운다. 그 안에 숨어 있는 엄청난 지혜와 재치를 배우기 위해서다.

그래서일까, 전 세계 인구의 0.5퍼센트에 못 미치는 유대인들이 지구상에 끼친 영향이 인구에 반비례하는 것은.

세계적으로 권위가 있고, 그 가치를 인정받는 노벨상 수상자의 비율을 살펴보면 유대인의 구성비율이 경제학 65퍼센트, 의학 23퍼센트, 물리학 22퍼센트, 화학 11퍼센트, 문학 7퍼센트에 이른다. 세계적인 두뇌, 세계적인 엘리트 중에서 유대인이 차지하는 비중이 그만큼 높다는 것을 의미한다.

더욱 놀라운 것은 이들 유대인은 이스라엘 한 곳에 거주하고 있는 것이 아니라 세계 각국에 흩어져 자신의 역량을 맘껏 과시하고 있다는 것이다. 자신들의 우수한 두뇌와 자질로 세계 여러 분야의 학문 연구를 주도하고 중추적인 입장에서 리드를 해나가고 있는 것이다.

따라서, 우리 역시 그들의 삶 속으로 들어가 그들의 지혜를 조금씩 습득해 보도록 하자. 그런 면에서 이 책『탈무드』의 다섯 마당이 그 안내자의 역할을 충실히 이행하게 해줄 것이다.

★ 차례 ★

여는 글

마음의 문을 열고

혀가 하는 일·11 | 뱀의 변명·13 | 법을 지키면·14 |
못생긴 그릇에 담긴 지혜·16 | 모든 것을 주는 것의 의미·18 | 셋
째 딸의 거짓말·22 | 하늘이 맡겨두었던 보물·24 | 지혜로운 아
버지의 유언·25 | 정의의 잣대·28 | 여우의 깨달음·30 | 복수와
미움, 그리고 베품·33 | 존재의 이유·35 | 미래를 사는 노인·36
| 진정 자신을 위하는 일·38 | 남을 위한 배려·39 | 지키기 위한
약속·41 | 가정의 평화를 지키기 위해서는·46 | 리더는 아무나
하나·49 | 세 가지 현명한 행동·53 | 세상의 질서·58 | 가장 중
요한 재산·60 | 지극한 효성·63 | 천국행과 지옥행·64 | 세 명
의 친구·67 | 악마의 선물·70 | 양보다 질·73

생각의 문을 열고

남자는 여자 하기 나름이에요·77 | 남자의 일생·78 |
칼자루·80 | 영원한 생명을 약속 받기에 적합한 사람·81 | 쓸모
없이 존재하지 않는다·82 | 선행과 쾌락·85 | 훔쳐간 것과 남긴

것·90 | 꿈은 암시로부터 온다·92 | 오늘을 준비하면·93 | 육체와 영혼이 힘을 합하면·97 | 도시를 지키는 사람·100 | 초대받은 손님·101 | 어려운 상황에도 희망을 갖고·103 | 상징적인 것의 의미·105 | 모든 것을 이겨내는 강한 힘·108 | 가장 강한 사람·110 | 자제력을 잃게 되면·111 | 감사의 마음·114 | 작별 인사·116 | 세상에서 가장 아름다운 행위·119 | 강자와 약자·120 |장사꾼의 재치·121 | 네가 범인이야·125

가슴으로 생각을 하고

마음이 부리는 마술·131 | 검은 눈동자로 세상을 바라보는 이유·135 | 이론과 실천의 차이·136 | 올가미·138 | 실천하는 것 이상의 가르침은 없다·141 | 마음속의 도둑·142 | 그때그때 달라요·143 | 위선·144 | 개미의 가르침·147 | 실책·149 | 질투·151 | 마음이 가난한 사람·153 | 수다·155 |강한 열두 가지·157 | 겉과 속·158 | 물질적인 부와 정신적인 부·160 |

마음이 시키는 대로 하고

위대한 말의 마지막 의미·165 | 학교는 준비된 미래·169 | 물과 같은 학문·174 | 선의의 거짓말·177 | 축복을 해주어야 할 때·178 | 거룩한 것·180 | 착한 사람·182 | 한 사람인

가, 두 사람인가·183 | 사용료·184 | 남자와 여자·187 | 누워서 침 뱉기·188 | 사형판결을 내릴 때·190 | 두 가지 의견·191 | 형제의 우애·193 | 정직·197 | 주인을 구한 개·198 | 위기에서 벗어난 부부·201 | 당나귀와 다이아몬드·204 | 내 맘대로 할 자유·208 | 아무리 사소한 것일지라도·212 | 사람의 목숨은 누구나 귀하다·217 | 해결을 위해서는·219 | 진실 게임·221 | 진짜 아들·223 | 살아난 것보다 큰 상은 없다·225 | 늘 함께 하는 축복의 말·228 | 절반의 성공·230 | 아낌없이 베풀면·232 | 소유가 곤란한 물건·236 | 살아 있는 바다와 죽은 바다·238 |

지혜로 마음을 다스리고

'진실'이라는 말·241 | 평등·242 | 죄·243 | 쥔 손과 편 손·244 | 스승·246 | 인간·247 | 동물·248 | 인생·250 | 평가 기준·252 | 여자·255 | 위생관념·257 | 술·258 | 가정·260 | 친구와 우정·262 | 성性·263 | 악惡·264 | 교육·266 | 중상모략·268 | 돈·271 | 판사·272 |

마음의 문을 열고

▌혀가 하는 일

몸에 아무것도 지니지 않은 장사꾼이 뭔가를 팔기 위해 거리로 나섰다. 전혀 장사꾼 같지 않은 그 장사 꾼은 거리를 누비며 이렇게 외치고 다녔다.

"인생의 비결을 팝니다. 인생의 비결을 사십시오."

그러자 삽시간에 수많은 사람들이 모여들었다. 그 중에는 몇 명의 랍비도 있었다.

"인생의 비결을 파십시오."

"나에게도 주십시오."

사람들이 재촉하자 그 장사꾼이 말했다.

"인생을 참되게 살아가는 비결은 자신의 혀를 주의 해서 놀리는 데 있소이다."

어느 랍비가 공부에 지친 제자들을 위해 조촐한 파 티를 열었다. 그 파티에는 메인 메뉴로 소와 양의 혀 로 요리한 음식이 나왔다. 그중에는 딱딱한 혀로 요리 한 음식과 부드러운 혀로 요리한 음식이 섞여 있었다. 제자들은 서로 부드러운 혀로 요리한 음식을 먹기 위해 쟁탈전을 벌였다.

그 모습을 지켜본 랍비가 빙그레 웃으며 말했다.

"여러분도 언제나 혀를 부드럽게 해두어야 합니다. 딱딱한 혀를 가진 사람은 다른 사람을 화나게 하거나 불화를 초래하게 됩니다."

"시장에 가서 가장 맛있는 음식을 사오너라."

어느 랍비가 자기 집 하인에게 지시를 했다. 하인은 시장으로 달려가 혀를 사 가지고 돌아왔다.

며칠 후, 랍비는 다시 그 하인에게 이렇게 지시하였다.

"시장에 가서 가장 맛없는 음식을 사오너라."

그 하인은 이번에도 혀를 사 가지고 돌아왔다.

"아니, 가장 맛있는 음식도 혀이고, 가장 맛없는 음식도 혀란 말이냐? 도대체 그 이유가 무엇이더냐?"

"네. 혀가 좋을 때는 그보다 좋은 것이 없고, 반대로 혀가 나쁠 때에는 그보다 나쁜 것이 없는 까닭입니다."

▌뱀의 변명

어느 날, 세상의 모든 동물들이 한 자리에 모여 자신들의 사는 이야기를 주고받고 있었다. 그런데 어찌어찌 하여 이야기의 방향이 뱀을 몰아세우는 쪽으로 돌아가고 있었다.

"사자는 먹이를 쓰러뜨린 다음에 먹고, 이리는 먹이를 찢어서 먹는다. 그런데 뱀아, 너는 어째서 먹이를 통째로 삼켜버리는 거니? 이유가 뭐지?"

뱀은 억울하다는 듯이 말했다.

"그래도 입으로 남을 헐뜯는 인간보다는 낫잖아. 적어도 난, 입으로 상대방 가슴에 상처는 입히지 않잖아."

▌법을 지키면

법은 약藥과 같다.

옛날 어느 나라 임금이 상처를 입은 아들에게 손수 붕대를 감아주며 말했다.

"이 붕대를 감고 있으면 먹거나 달리거나 아니면 물 속에 들어가게 되더라도 아프다거나 덧나는 일이 없게 될 것이다. 그게 아니고 당장 붕대 감고 있는 것이 불편하다고 해서 붕대를 풀어버리게 되면 상처는 더욱 심해질 것이다."

이것은 인간의 마음에도 마찬가지로 해당되는 말이다.

인간의 마음은 간혹 악을 바라게 되는 경우가 있으나, 법을 지킴으로 인해 악으로부터 자신을 보호받게 되는 경우가 더 많게 된다.

못생긴 그릇에 담긴 지혜

비록 얼굴은 추하게 생겼지만 매우 영리한 어느 랍비가 로마 황제의 딸인 공주를 만나게 되었다. 그의 외모를 본 공주는 교만한 마음에 랍비를 놀려줄 생각으로 이런 말을 던졌다.

"뛰어난 지혜가 참으로 못생긴 그릇에 담겨 있군요."

공주의 말을 들은 랍비는 빙그레 웃으며 이렇게 물었다.

"공주님, 이 왕궁 안에 술이 있습니까?"

"물론 있지요."

"그 술은 어떤 그릇에 담겨 있습니까?"

"보통 항아리나 질그릇에 담겨 있습니다."

그 말을 들은 랍비는 매우 놀랍다는 표정을 지으며 말했다.

"로마의 공주인 당신에게는 금이나 은으로 만든 훌륭한 그릇도 많을 텐데 어찌 그처럼 보잘것없는 그릇에 술을 담아 놓았습니까?"

랍비의 말을 들은 공주는 몹시 자존심 상해하며 지금까지 싸구려 그릇에 담겨 있던 술을 즉시 금이나 은그릇에 모두 옮겨놓게 하였다.

그 후 얼마 지나지 않아 술맛이 모두 변해 버렸다. 이를 알게 된 황제는 화가 머리끝까지 치솟아 누가 이런 짓을 했느냐고 다그쳤다. 공주는 두려움에 떨며 말했다.

"죄송합니다. 좋은 그릇에 술을 담아두면 술맛이 더 좋을 것 같아 제가 그렇게 하도록 명했습니다."

황제에게 심한 꾸지람을 들은 공주는 화가 나서 즉시 랍비를 찾았다.

"당신은 왜 나에게 그런 쓸데없는 말을 권한 거죠?"

"나는 단지 공주님께 아무리 귀중한 것도 싸구려 그릇에 담아두는 것이 더 나은 경우가 있다는 것을 가르쳐드리고 싶었을 뿐입니다."

랍비의 말을 들은 공주는 아무런 대꾸를 할 수가 없었다.

▌모든 것을 주는 것의 의미

옛날, 어느 나라의 임금이 슬하에 딸 하나만을 두고 있었는데 그 딸이 중병에 걸려 사경을 헤매게 되었다.

임금은 온 나라를 샅샅이 뒤져 의술이 뛰어나다고 알려진 의사들을 찾아내어 딸을 진료하게 했다. 좋다는 약도 모두 써보았다. 그러나 아무런 효험을 볼 수가 없었다.

마침내 임금은 이러한 포고령을 내렸다.

"내 딸의 병을 고치는 사람은 내 사위로 삼을 것이며 왕위 또한 물려주겠다."

마침, 왕궁에서 멀리 떨어진 어느 시골 마을에 삼형제가 살고 있었는데 그들은 각각 신기한 물건들을 하나씩 가지고 있었다.

첫째는 멀리까지 볼 수 있는 망원경을 가지고 있었고, 둘째는 날아가는 양탄자를 가지고 있었다. 그리고 셋째는 어떤 병이라도 고칠 수 있는 마법의 사과를 가지고 있었다.

어느 날, 망원경으로 임금의 포고령을 보게 된 첫째는 두 아우를 불러 의논을 하였다.

"공주가 아주 심한 병에 걸렸다는구나. 그래서 공주의 병을 고쳐주는 사람을 임금님께서 사위로 맞아들이고, 왕위를 물려주겠다고 하시는데……."

"형, 우리가 가서 공주의 병을 고쳐주자. 우리 형제가 힘을 합하면 공주의 병은 문제없이 고칠 수 있을 거야."

"좋아. 함께 내 양탄자를 타고 공주에게 가보자."

삼형제는 둘째의 양탄자를 타고 왕궁으로 날아갔다.

그리고 셋째가 가지고 있던 마법의 사과를 공주에게 먹여 병을 말끔히 고쳐주었다. 임금은 뛸 듯이 기뻐하며 성대하게 잔치를 벌였고 약속대로 세 사람 중에서 한 사람을 사위로 삼겠다고 말했다.

이때 문제가 발생했다.

세 명의 형제들 중에서 누구를 사위로 삼아야 하는지 알 수 없었던 것이다.

첫째가 말했다.

"제가 망원경으로 포고령을 보지 않았다면 공주님이 아프다는 사실조차 알 수 없었을 것입니다."

이에 질세라 둘째도 씩씩거리며 한 마디 보탰다.

"만약, 날아가는 양탄자가 없었다면 공주님에게 큰 일이 생기기 전에 이토록 먼 곳까지 빨리 날아올 수 없었을 것입니다."

셋째도 가만히 있지는 않았다.

"마법의 사과가 없었다면 공주님의 병은 낫지 않았을 것입니다."

만약, 당신이 임금이라면 누구를 공주와 결혼시킬 것인가?

답은 의외로 간단하다.

마땅히 사과를 준 셋째와 공주를 결혼시켜야 한다.

왜냐하면 양탄자와 망원경은 아직 그대로 남아 있지만, 사과는 이미 공주가 먹어버리고 남아 있지 않기 때문이다. 셋째는 공주를 위해 자신이 가지고 있던 모든 것을 준 것이다.

탈무드는 이렇게 말한다.

"남에게 뭔가를 해줄 때에는 아낌없이 모든 것을 주는 것이 가장 귀한 것이 된다."

▌ 셋째 딸의 거짓말

어느 마을에 아름다운 딸을 세 명이나 둔 사람이 있었다. 그 딸들은 각각 하나씩의 결점을 지니고 있었기 때문에 그는 매우 고민스러워했다.

첫째 딸은 몹시 게을렀다. 둘째 딸은 뭔가를 훔치는 도벽이 있었으며, 셋째 딸은 남을 헐뜯는 것을 매우 좋아했던 것이다.

그러던 어느 날,

아들만 삼형제를 둔 이웃마을의 부자가 그 딸들을 자기 아들들과 결혼시키자고 제안을 해왔다.

"어떻소. 우리 집은 아들이 셋이고 그 집은 딸이 셋이니 그 아이들을 서로 맺어주는 것이 좋을 듯한데."

"그야 물론."

"무슨 문제라도 있습니까?"

"사실은 우리 아이들에게 결점이 하나씩 있어서……."

딸을 둔 아버지는 자신의 딸들에게 이러이러한 결점이 있음을 사실대로 털어놓았다. 그러자 시아버지

될 사람은 자기가 모든 것을 책임지고 고쳐나가겠다고 말했고, 결국 결혼은 성사되었다.

그들이 결혼을 하고 나자, 시아버지는 게으름뱅이 며느리를 위해 많은 하인을 고용하였다. 도벽이 있는 며느리를 위해서는 모든 창고의 열쇠를 주어 무엇이든 원하는 것을 갖게 하였다. 마지막으로 험담하기 좋아하는 며느리에게는 매일 아침, 그 날 남을 헐뜯을 일이 없는가를 물었다.

어느 날, 딸들이 결혼 생활을 잘 하고 있는지 궁금했던 딸들의 아버지가 사돈댁으로 놀러왔다.

큰딸은 하인들이 모든 일을 다 해주어서 즐겁다고 말했고, 둘째 딸은 갖고 싶은 물건을 얼마든지 가질 수 있어서 행복하다고 했다. 그런데 셋째 딸은 시아버지가 매일 자기에게 남을 헐뜯을 일이 없느냐고 물어 괴롭다고 말했다.

아버지는 셋째 딸의 말을 믿을 수가 없었다. 왜냐하면 그녀는 지금, 시아버지마저도 헐뜯고 있었기 때문이다.

▋하늘이 맡겨두었던 보물

안식일을 맞이하여 랍비 메이어는 예배당에서 설교를 하고 있었다. 같은 시간, 그의 집에서는 깊은 병을 앓고 있던 그의 두 아이가 사경을 헤매다 끝내 죽고 말았다. 아이들 곁에서 아이를 돌보고 있던 아내는 두 아이의 시신을 이층으로 옮겨 놓고 흰 천으로 덮어놓았다.

남편이 돌아오자 아내가 말했다.

"당신에게 묻고 싶은 것이 있어요. 어떤 사람이 저에게 아주 중요한 보물을 맡기면서 잘 보관해 달라고 했습니다. 그런데 갑자기 그 분이 찾아와 그 보물을 달라고 합니다. 이럴 때 저는 어떻게 해야 합니까?"

"그야 물론 그것을 주인에게 돌려주어야 하지."

그러자 아내가 눈물을 삼키며 말했다.

"사실은 방금 하느님께서 맡겨 두셨던 귀중한 보물 두 개를 찾아가셨습니다."

랍비는 더는 아무 말도 하지 않았다. 이미 아내의 말을 알아들었던 것이다.

▋지혜로운 아버지의 유언

예루살렘에서 멀리 떨어진 곳에 어느 유대인이 살고 있었다. 그는 하나밖에 없는 아들의 교육을 위해 예루살렘에 있는 학교로 아들을 진학시켰다.

아들이 공부를 위해 멀리 떨어져 있는 동안, 갑자기 중병을 얻게 된 아버지는 자신이 얼마 살지 못할 것임을 알고 유서를 남겼다.

"전 재산을 하인에게 물려준다. 그리고 나의 아들에게는 자신이 원하는 딱 한 가지만을 선택하게 하라."

그는 끝내 아들의 얼굴을 보지 못한 채 저세상으로 떠나 버렸다. 그러자 하인은 뛸 듯이 기뻐하며 유언장을 들고 즉시 예루살렘에 있는 주인의 아들에게로 달려갔다.

"아니, 아버님께서 돌아가셨단 말이냐?"

"그렇습니다. 이게 바로 유서입니다."

하인은 입이 귀밑까지 찢어져 아들에게 유언장을 내밀었다. 장례를 치러야 했던 아들은 잠시 유언장에 대한 미심쩍은 생각을 미뤄두고 정성을 다해 아버지의 장례를 모셨다.

아버지의 장례가 끝나자, 아버지의 유언장에 의문을 품은 아들은 랍비를 찾아가 자신이 처한 상황을 말했다.

"아버님은 저를 무척 사랑하셨는데, 왜 저에게는 한 푼의 재산도 남기지 않았을까요? 저는 아버님의 뜻을 거슬러 본 적이 한 번도 없었는데 말입니다."

넋두리에 가까운 아들의 말을 들은 랍비는 껄껄껄 큰 소리로 웃으며 말했다.

"무슨 소리? 자네 아버님은 무척 현명하시고 또한 자네를 많이 사랑하셨네. 이 유서가 그것을 충분히 증명하고 있지 않나."

"모든 재산을 하인에게 남기고 저에게는 아무것도 남기지 않았는데, 어찌 아버님이 저를 사랑하신다고 말씀하시는 건가요?"

"자네가 아버님의 현명하신 뜻을 제대로 이해하지 못하고 있는 게로군. 아버님이 무엇을 생각하고 있었는가를 파악해 보면 자네에게 매우 훌륭한 유산을 남겼음을 깨닫게 될 것이네."

"네?"

"자네 아버님은 만약 자신이 죽게 되면 하인이 모

든 재산을 갖고 도망치거나 재산을 탕진해 버리거나 심지어 아버님이 사망했다는 사실조차 알리지 않을 수도 있음을 간파하고 계셨다네. 모든 재산을 하인에게 남긴다는 유서가 이를 말해주고 있네. 모든 재산을 주겠다고 하면 하인은 당연히 서둘러 자네를 찾아갈 것이고, 또한 자신의 재산이라 생각하여 그 재산을 소중히 간수할 것이 아닌가."

"그것이 저에게 무슨 의미가 있습니까?"

"자네는 아버지보다 지혜가 많이 모자라는군. 하인의 모든 재산은 주인에게 속한다는 사실을 모르는가. 자네의 아버님은 자네가 원하는 단 한 가지를 자네에게 주겠다고 했네. 이제 자네는 그 단 한 가지를 선택하면 되지 않나. 하인을 선택하면 되는 것 아니겠나? 얼마나 현명하고 사랑이 넘치는 생각인가."

"그렇군요."

그제야 아버지의 깊은 뜻을 깨닫게 된 아들은 하인을 선택하여 아버지의 모든 재산을 고스란히 물려받게 되었다. 물론 하인도 재산을 나눠주고 해방시켜 주었다.

그 후 아들은 세월의 무게만큼 나이 많은 사람의 지혜를 존경하게 되었다.

▌정의의 잣대

알렉산더 대왕이 이스라엘을 방문했을 때의 일이다. 그에게 뭔가를 선물하고 싶었던 한 랍비가 다가와 이렇게 물었다.

"저희가 갖고 있는 금은보화를 원하십니까?"

"금은보화는 이미 많이 갖고 있으니 신경 쓰지 마시오. 다만 당신들의 습관과 당신들에게 있어서 정의가 무엇인지 알고 싶소."

그러던 어느 날, 두 남자가 의논할 일이 있다며 알렉산더 대왕 옆에 있는 랍비를 찾아왔다.

"제가 저 사람에게서 쓰레기를 샀는데, 그 속에서 많은 돈이 나왔습니다. 저는 단지 쓰레기만을 산 것뿐이므로 거기에서 나온 돈은 쓰레기를 팔았던 사람에게 돌려주어야 합니다."

"제가 저 사람에게 쓰레기를 팔았던 것은 사실입니다. 그러나, 그 속에 쓰레기 이외의 무엇이 들어 있는지는 제게 있어 아무런 의미가 없습니다. 아무튼 저는 쓰레기를 팔았으므로 그 속에 있던 것은 제 것이 아닙니다."

두 사람은 서로 돈을 갖지 않겠다며 옥신각신을 했다. 드디어 랍비가 판결을 내렸다.

"쓰레기를 팔았던 사람에게는 딸이 있고 또한 쓰레기를 산 사람에게는 아들이 있으니 두 사람을 결혼시켜 그 돈을 그들에게 주도록 하시오. 그러면 그들이 그 돈을 아주 유익하게 쓸 것이오."

알렉산더 대왕이 지켜보는 앞에서 그러한 판결을 내린 랍비는 그를 돌아보며 물었다.

"이미 보신 것처럼 우리나라에서는 이런 경우, 제가 내렸던 판결을 내리는 경우가 대부분입니다. 그렇다면 왕의 나라에서는 이럴 때 어떤 판결을 내리십니까?"

그러자 알렉산더는 이렇게 대답했다.

"나 같으면 두 사나이를 죽이고 그 돈을 내가 차지하겠소. 그것이 바로 나의 정의요."

▌여우의 깨달음

포도가 몹시 먹고 싶었던 배고픈 여우 한 마리가 포도밭 울타리를 빙빙 맴돌고 있었다. 안으로 들어갈 만한 구멍이 있는지 살펴보고 있었던 것이다. 바로 그때 여우의 눈에 울타리의 작은 틈새가 보였다.

'쳇, 구멍이 너무 작아 들어갈 수가 없군. 좋은 방법이 없을까?'

여우는 작은 틈새 곁에 쪼그리고 앉아 이런저런 궁리를 하면서 허기진 배를 움켜쥐고 묘안이 떠오르기를 기다렸다. 그러다가 너무도 배가 고픈 여우는 홀쭉해진 배를 쓸어내리며 중얼거렸다.

"에라, 모르겠다. 그냥 한번 비집고 들어가 보자."

여우는 몸을 이리저리 비틀며 울타리 틈새를 비집고 안으로 들어서려 했다. 신기하게도 안으로 쏙 들어갈 수가 있었다.

"야호, 이제는 내 세상이다."

여우는 포도밭에서 양껏 포도를 따먹었다. 홀쭉하던 배가 금방 볼록하게 솟아올랐다.

"아, 행복해."

포만감에 젖은 여우는 다시 울타리 틈새로 나오기 위해 몸을 비비적거렸다. 그런데 이게 어찌된 일인가. 빠져 나올 수가 없었다.

결국 여우는 사흘을 굶고 난 후에야 그 틈으로 빠져 나올 수가 있었다.

"쳇, 배고픈 건 들어갈 때나 나올 때나 마찬가지로 군."

우리의 인생도 이와 다르지 않다.

사람은 누구나 빈손으로 왔다가 빈손으로 돌아가게 마련이다. 사람은 죽을 때 가족과 부귀와 선행을 남기는데, 선행보다 중요한 것은 없다.

■ 복수와 미움, 그리고 베풂

서로 이웃하고 있는 두 사람이 실랑이를 벌이고 있었다.

"이봐, 낫 좀 빌려주라구."

"내가 지금 낫을 써야 돼서 빌려줄 수가 없어."

얼마 지나지 않아, 낫을 빌려주지 않은 사람에게 일이 생기게 되었다. 멀리까지 다녀와야 했던 것이다. 그는 이웃집을 찾아가 말했다.

"이봐, 자네 말 좀 빌려주게."

"자네가 낫을 빌려주지 않았으므로 나도 말을 빌려줄 수가 없네."

이것은 복수가 된다.

"이봐, 낫 좀 빌려주게."

"내가 지금 그것을 써야 돼서 빌려줄 수가 없군."

그리고 얼마 지나지 않아, 상황이 역전된다.

"이봐, 자네 말 좀 빌려주게."

"자네는 나에게 낫을 빌려주지 않았지만, 나는 자

네에게 말을 빌려주겠네.”

이것은 미움이 된다.

“이봐, 낫 좀 빌려주게.”

“내가 지금 낫을 써야 돼서 빌려줄 수가 없군.”

얼마 지나지 않아, 상황이 바뀌었다.

“이보게, 자네 말 좀 빌려주게.”

“그래, 말이 필요한가. 빌려줄 테니 어서 데려가게.”

이것은 ‘라하임’, 즉 베풂이 된다.

▌ 존재의 이유

타락한 인간에 대한 신의 분노로 대홍수가 일어나게 되었다. 그러자 온갖 동물들은 앞을 다투어 노아의 방주로 몰려들었다. 이때 선善도 서둘러 달려왔다.

"선善은 이 방주에 탈 수가 없소."

"아니, 그 이유가 무엇입니까?"

"이 방주에는 짝이 있는 것만 태우기로 되어 있소이다."

할 수 없이 선은 숲 속으로 뛰어 들어가 자신의 짝이 될 만한 상대를 찾아 헤맸다. 하지만 아무리 찾아 헤매도 짝이 될 만한 상대가 없었다. 다급해진 선은 어쩔 수 없이 악惡을 데리고 방주로 돌아왔고, 선은 악과 함께 노아의 방주에 올라탈 수 있었다. 이때부터 선이 있는 곳에는 항상 악이 함께 있게 되었다.

미래를 사는 노인

어떤 노인이 뜰에 작은 묘목을 심고 있었다. 그때 그 곁을 지나가던 나그네가 노인에게 물었다.

"무슨 나무입니까?"

"과일 나무요."

"어르신, 그 나무에 언제쯤 열매가 열릴 거라 생각하고 심는 겁니까?"

"한 칠십 년쯤 후에는 열매가 열리겠지요."

"어르신께서 그때까지 살아 계실 수 있을까요?"

노인은 굽혔던 허리를 펴며 나그네를 지그시 쳐다보고는 이렇게 대꾸를 했다.

"내가 태어났을 때, 우리 집 뒤뜰에 있던 과일 나무는 주렁주렁 많은 열매를 맺고 있었다오. 그것은 내가 태어나기도 전에 할아버지가 나를 위해 묘목을 심어주었기 때문이오. 나도 그와 마찬가지의 일을 하고 있을 뿐이오."

나그네는 부끄러운 듯 아무런 대꾸도 하지 못하고 서둘러 그 자리를 떠나 버렸다.

▌진정 자신을 위하는 일

한 남자가 캄캄한 골목길을 걷고 있었다. 그때 저 만치에서 누군가가 등불을 들고 다가오는 것이 보였다. 그가 가까이 다가왔을 때 보니 그는 앞을 볼 수 없는 장님이었다.

"아니, 당신은 앞을 볼 수가 없군요."

"그렇습니다."

"앞이 안 보이는데 등불을 들고 다니는 이유는 무엇입니까?"

"내가 이 등불을 들고 다니면 다른 사람들이 앞을 볼 수 없는 나를 발견할 수 있기 때문입니다."

▌남을 위한 배려

어느 마을에 큰 문제가 발생하여 마을 사람들이 한 자리에 모이게 되었다.

랍비는 고심을 하다가 마을 사람 중 여섯 명에게 "내일 다시 모이라"는 말을 전해주고 대중들을 향해 이렇게 말했다.

"내일 아침, 나와 다른 여섯 명이 모여 이 문제를 다시 의논하기로 했습니다. 그러니 오늘은 이만 돌아가도록 하십시오."

이튿날 아침이 되었다. 그런데 이상한 일이 벌어졌다.

랍비가 모이라고 말을 전해준 사람은 분명 여섯 명이었는데, 초대받지 않은 한 명이 보태져 일곱 명이 모였던 것이다.

랍비는 많은 마을 사람들 속에서 여섯 명에게만 말을 전달하였기 때문에 그들이 정확히 누구인지는 기억해내지 못했다. 그래서 그들을 향해 이렇게 말했다.

"어제 나에게서 모이라는 말을 듣지 않은 사람은

어서 돌아가 주십시오."

아무도 일어서는 사람이 없었다. 한동안 시간이 흐른 후, 그들 중에서 매우 유명한 인물로 그 자리에 꼭 있어야 할 사람이 조용히 일어나 밖으로 나갔다.

깜짝 놀란 랍비가 뛰어나가 그를 붙잡았다.

"당신은 이 자리에 꼭 있어야 하지 않소."

"알고 있습니다."

"그런데 왜 밖으로 나온 것이오?"

"부름을 받지 않은 사람이거나 자신이 중요한 인물이라고 생각하여 자진해서 참석한 사람으로 하여금 굴욕감을 느끼지 않도록 제가 나온 것입니다."

지키기 위한 약속

　어느 아름다운 아가씨가 가족과 함께 여행을 하던 중, 혼자서 산책을 하다가 그만 길을 잃고 말았다.
　"아니, 여기가 대체 어디야?"
　아가씨는 가족들을 찾기 위해 구석구석 살펴보고 소리도 질러보았으나 아무런 소용이 없었다. 그러다가 우물가에 이르게 되었는데, 심신이 지쳐 있는데다가 가족들을 찾지 못해 속이 바짝바짝 타들어 가던 터라 우물을 보니 더욱 갈증을 느꼈다.
　그런데 그 우물의 두레박줄에는 두레박이 매달려 있지 않았다. 주위를 아무리 둘러봐도 눈에 띄지 않았다. 아가씨는 할 수 없이 두레박줄을 타고 우물로 내려가 물을 마셔야만 했다.
　물을 마셔 목을 축이게 된 아가씨는 줄을 타고 다시 올라오려고 줄을 잡았다. 그러나 도저히 올라올 수가 없었다. 덜컥 겁이 났던 아가씨는 큰소리로 살려달라고 외치며 울부짖었다.
　때마침, 그곳을 지나던 멋진 청년이 그 소리를 듣

고 얼른 달려왔다.

"무슨 일입니까?"

"저를 좀 도와주세요. 여기서 나갈 수가 없어요."

청년은 열심히 줄을 잡아당겨 아가씨를 끌어올렸다.

마침내 우물에서 아가씨를 구해낸 청년은 아가씨를 오랫동안 다독거리며 위로를 해주었다. 그러다가 아가씨에게 사랑을 느끼게 되었다.

아가씨 역시 자신을 지독한 외로움과 두려움에서 구해준 청년을 사랑하게 되었다.

얼마 지나지 않아 그 청년은 계속해서 가던 길을 떠나게 되었다.

헤어지기 전, 두 사람은 서로의 사랑을 약속하고 결혼을 하기로 맹세하였다.

"우리 서로 약혼 서약을 하는 것이 어때?"

"좋아요."

"그러면 우리의 약혼을 증언해줄 증인을 찾아야 하잖아."

그때 저 만치서 족제비 한 마리가 숲 속으로 달려가는 것이 보였다.

"저 족제비와 우리 두 사람 곁에 있는 이 우물이 우

리의 증인이에요."

그렇게 헤어진 이후, 몇 년의 세월이 흘러갔다.

청년은 다른 여자와 결혼하여 아이도 낳고 행복한 생활을 하고 있었지만, 아가씨는 여전히 그 청년을 기다리고 있었다.

그러던 어느 날, 아이 아빠가 된 그 청년이 아이와 함께 풀밭에서 놀다가 깜박 잠이 들고 말았다. 그런데 그새 족제비가 다가와 아이의 목을 물어 죽이고 말았다.

그들 부부는 매우 슬퍼했지만, 곧 다른 아이가 태어났고 두 사람은 다시 행복해졌다.

그러던 어느 해, 아이가 아장아장 걷게 되었을 때의 일이다.

우물가에서 놀던 아이가 물에 비치는 자신의 모습을 들여다보다가 그만 우물 속에 빠져서 죽고 말았다.

'아, 왜 나에게 이런 불행이 끊임없이 닥치는 것일까?'

깊은 슬픔으로 어찌할 줄 몰라 하던 아이 아빠는 문득 옛날의 약속을 떠올렸다.

"그래, 그녀와 나에게 있어 족제비와 우물은 증인이 되었었지. 내가 약속을 지키지 못해 천벌을 받게 된 거야."

그는 곧바로 아내를 불러 자신이 아가씨와 했던 약속에 대해 이야기해 주었다. 그리고 아내의 이해를 받아 이혼을 한 후, 그 옛날 아가씨와 약속을 했던 마을을 찾아갔다.

"왜 이제야 돌아오셨나요?"

"미안하오."

아가씨는 그때까지도 청년을 기다리고 있었고 그들은 다시 만나 행복하게 잘 살았다.

■ 가정의 평화를 지키기 위해서는

랍비 메이어는 사람들의 심금을 울리는 듯한 목소리로 열정을 담아 설교를 했다. 그래서였을까, 그가 설교를 하는 금요일이면 많은 사람들이 예배당으로 모여들었다.

그중에서도 특히 그의 설교를 무척이나 좋아하는 어떤 여인이 있었다. 금요일 저녁이 되면 대부분의 유대인 여성들은 다음날 있는 안식일을 위해 요리를 하거나 여러 가지 일로 분주하다. 그러나 그녀는 그런 일을 하지 않고 오로지 랍비 메이어의 설교를 듣기 위해 교회당으로 향했다.

그러던 어느 날, 랍비 메이어가 다른 때보다 긴 시간 동안 설교를 했고 그 여인은 그의 설교에 매혹되어 늦은 시간에야 집으로 돌아왔다. 그녀를 기다리다 지친 남편이 문 앞까지 나와 서성이다가 그녀를 보자 기다렸다는 듯이 한바탕 퍼부어댔다.

"내일이 안식일인데 음식도 하지 않고 어딜 그리 쏘다니는 거야?"

"예배당에서 랍비 메이어의 설교를 들었어요."

"뭐라고? 설교를 듣기 위해 안식일 준비를 하지 않았단 말이야? 당장 가서 그 랍비의 얼굴에 침을 뱉어 주고 와. 그렇게 하지 않고는 집에 들어올 생각일랑 아예 하지도 마."

설교를 듣다가 늦게 돌아왔다고 집에서 쫓겨난 그 여인은 할 수 없이 친구의 집에 가서 며칠만 묵게 해 달라고 사정을 하였다.

이 소문을 들은 랍비 메이어는 마음이 아파 어떡하든 묘안을 찾아내야겠다고 생각하였다.

'내 설교가 너무 길어 한 가정의 평화를 깨뜨리고 말았구나!'

결국 그 랍비는 집에서 쫓겨난 여인을 찾아갔다.

"지금 내 눈이 몹시 아픈데, 다른 사람의 침을 바르면 낫는다고 하더군요. 혹시 부인께서 침을 뱉어서 당신의 침으로 내 눈을 낫게 해줄 수는 없는지요?"

여인은 자신이 존경하는 랍비에게 침을 뱉는 것이 송구스러웠지만, 약이 된다고 하기에 어쩔 수 없이 침을 뱉게 되었다.

이 소식은 제자들에게 즉시 알려졌다. 제자들이 랍비에게 달려와 물었다.

"덕망이 높으신 스승님께서 어찌하여 그 여인으로
하여금 얼굴에 침을 뱉도록 허락하셨습니까?"

제자들의 말을 조용히 듣고 있던 랍비 메이어가 입
가에 미소를 머금고 말했다.

"가정의 평화를 지키기 위해서라면 그보다 더한 일
이라도 해야 되지 않겠나?"

리더는 아무나 하나

　뱀은 가늘고 긴데다가 땅을 기어 다녀야 하기 때문에 늘 머리가 앞장서고 꼬리가 그 뒤를 따라가게 된다. 어느 날, 뱀 꼬리가 머리에게 불만을 토로하였다.
　"왜 나는, 늘 네 뒤만 따라다녀야 하는 거지? 너는 항상 나를 네 마음대로 끌고 다니잖아. 이건 너무 불공평해. 나도 뱀의 일부분인데 언제나 노예처럼 끌려 다닌다는 것은 말도 안 되는 일이라고."
　말을 듣고 있던 뱀의 머리가 기가 막힌다는 표정으로 말했다.
　"한 마디로 어이가 없군. 너는 앞을 볼 수 있는 눈도 없잖아. 게다가 위험을 알아차릴 귀도 없을 뿐만 아니라 모든 행동을 결정할 두뇌도 없어. 그리고 나는 네가 생각하는 것처럼 나 자신만을 위해 앞장서고 있는 것이 아니야. 너를 진심으로 아끼기 때문에 위험을 무릅쓰고 너를 인도하는 거라고."
　"흥, 말은 그럴싸하다만 어떤 독재자나 폭군도 너와 같은 말을 하지. 그들은 하나 같이 자신을 따르는 자를 위해 노력한다고 큰소리 치면서 실제로는 자기 자신을 위해 멋대로 행동을 하는 거라고."

"네가 그렇게 생각한다면 어쩔 수 없는 일이지. 그럼, 우리 역할을 어디 한번 바꿔보자."

"좋아."

꼬리는 몹시 기뻐하며 앞장서서 나아가기 시작했다. 하지만 얼마 가지 못하고 그만 도랑에 빠지고 말았다.

도랑에 빠진 후, 앞뒤 분간을 하지 못하던 꼬리는 머리의 도움을 받아 간신히 도랑을 빠져 나올 수 있었다.

다시 길을 가던 꼬리는 앞을 보지 못했기에 이번에는 가시덤불 속으로 기어 들어가고 말았다. 아차 싶어 꼬리는 그곳을 벗어나기 위해 버둥거렸으나, 그러면 그럴수록 뱀은 가시에 찔리고 찢겨 상처만 깊어지게 되었다.

"아이고 아파라. 성한 데가 하나도 없네. 차라리 나에게 도움을 청하는 게 어때?"

참다못한 머리가 이렇게 하소연 섞인 말을 했지만, 꼬리는 들은 척도 하지 않았다.

앞을 볼 수 없어 어디로 가야 할지 몰라 여전히 헤

맬 수밖에 없음은 두말할 나위가 없었다. 이번에도 꼬리는 머리의 도움을 얻어 간신히 가시덤불을 벗어날 수 있었다.

그러면서도 꼬리는 계속해서 자신이 앞장서야 한다고 우겨댔다.

"앗 뜨거워!"

앞장서서 가던 꼬리가 갑자기 비명을 질러댔다. 뱀의 꼬리가 잘못하여 불길 속으로 뛰어들었던 것이다. 앞이 캄캄해지고 몸이 점점 뜨거워지자 머리는 불안해지기 시작했다.

"이젠 고집 부리지 말고 포기해. 내가 앞장서 갈게."

꼬리는 아무 말이 없었다. 이미 불에 의해 익을 대로 익어버렸던 것이다. 머리는 필사적으로 불구덩이 속에서 빠져 나오려고 했지만, 때는 이미 너무 늦어버리고 말았다. 뱀은 그대로 죽고 말았다.

▌세 가지 현명한 행동

예루살렘에 사는 어떤 사람이 여행 도중에 병이 들고 말았다. 자리에 누운 그는 이제 자신이 살아날 가능성이 없음을 알고 여관 주인을 불러 이렇게 말했다.

"이제 나는 곧 죽게 될 것 같습니다. 내가 죽었다는 소식을 듣고 나의 아들이 찾아오면 나의 소지품들을 아들에게 전해 주십시오. 하지만 그 아이가 세 가지의 현명한 행동을 하지 않으면 그것을 결코 주지 마십시오. 나는 이미 여행길에 오르기 전에 나의 아들에게 유산을 상속받으려면 세 가지의 현명한 행동을 해야 한다고 일러두었습니다."

결국 여행자는 죽었고 그 소식은 예루살렘에 있는 그의 아들에게 전해지게 되었다. 하지만 어디서 어떻게 죽었는지는 알려주지 않았다. 왜냐하면 그 여행자가 자신의 아들이 그 누구의 도움 없이 자신이 죽은 장소를 찾아오게 해달라는 부탁을 마지막으로 했기 때문이다.

아버지가 돌아가신 도시의 성문 가까이 오게 되자

아들은 무척 난감했다. 도시는 넓은데 아버지가 돌아가신 여관은 알지 못했기 때문이다. 그때 마침, 아들 앞에 땔나무를 잔뜩 짊어진 땔감장수가 지나가고 있었다.

"이보시오. 땔감장수!"

"부르셨습니까?"

"당신이 지고 있는 땔나무를 몽땅 사겠소. 그 나무를 예루살렘에서 온 여행자가 죽은 여관으로 배달해 주시오."

땔감나무 장수는 신이 나서 나무를 지고 여관을 향해 휘적휘적 앞서 나갔고 그 아들은 그의 뒤를 바짝 쫓아갔다. 드디어 여관 앞에 이르자, 땔감장수는 소리 높여 외쳤다.

"나무 배달이오!"

"나는 땔나무를 배달시킨 적이 없소."

여관집 주인이 나와서 이상하다는 듯이 말하자, 그 땔감장수는 뒤를 돌아보며 말했다.

"내 뒤에 따라오는 분이 이 땔나무를 사서 이 집에 배달해 달라고 부탁했습니다."

이것이 바로 여행자 아들이 행한 첫 번째 현명한 행동이었다.

여관집 주인은 그의 현명한 행동에 매우 기뻐하며 저녁 식사를 마련해주었다. 식탁에는 다섯 마리의 비둘기 요리와 한 마리의 닭 요리가 나왔고, 주인 내외, 주인의 두 아들과 두 딸 그리고 여행자의 아들까지 모두 일곱 명이 둘러앉았다.

여관집 주인이 말했다.

"음식을 모두에게 나눠주십시오."

"아닙니다. 주인인 당신이 음식을 나눠야 마땅한 일입니다."

"아닙니다. 당신이 손님이므로 당신이 좋을 대로 하십시오."

할 수 없이 여행자의 아들은 음식을 나눠 담기 시작했다. 먼저 한 마리의 비둘기는 두 아들에게 주었다. 또 한 마리의 비둘기는 딸들에게 주고 다른 한 마리의 비둘기는 주인 부부에게 나눠준 뒤, 두 마리의 비둘기는 자신을 위해 남겨두었다. 이것이 바로 여행자 아들이 행한 두 번째 현명한 행동이었다.

여관집 주인은 이것을 보고 무척이나 못마땅하게 여겼지만, 그것을 소리 내어 표현하지는 않았다.

다음에 여행자의 아들은 닭을 나누기 시작했다.

먼저 머리는 주인 부부에게 주고, 두 아들에게는

다리 하나씩을 주었다. 두 딸에게는 날개를 준 뒤, 나머지 몸통은 자신이 가졌다. 이것이 바로 여행자 아들이 행한 세 번째 현명한 행동이었다.

이를 지켜보던 여관집 주인이 소리를 버럭 질렀다.

"참으로 욕심이 많군요. 비둘기를 나눌 때에는 그래도 참았지만, 닭을 나누는 것을 보니 더 이상 참을 수가 없소. 도대체 이게 무슨 짓이오?"

"저는 처음부터 음식 나누는 일을 맡고 싶지 않았습니다. 그래도 주인께서 청하시기에 최선을 다한 것뿐입니다. 우선 비둘기를 나눈 일에 대해 설명하겠습니다. 당신 부부와 비둘기 한 마리를 합쳐 셋이고, 두 아들과 비둘기 한 마리를 합치면 셋이 됩니다. 그리고 두 딸과 비둘기 한 마리 역시 셋이고, 비둘기 두 마리와 저 또한 셋이 됩니다. 이보다 더 공평한 분배가 어디 있겠습니까? 닭의 경우에는 주인 내외분께서 이 집안의 어른이시니 머리를 드린 것이고, 두 아드님은 이 집안의 기둥이니 두 다리를 준 것입니다. 두 딸은 머지않아 시집을 갈 터이니 두 날개를 준 것이고요. 저는 배를 타고 왔고 또 다시 배를 타고 가야 하므로 배와 비슷한 몸통을 가지게 된 것입니다. 어서 제 아버지의 유산을 주십시오."

여행자 아들의 침착한 설명에 여관집 주인은 입을 다물지 못했다. 그리고 조용히 그의 아버지가 맡겨 두었던 유산을 내주었다.

▌세상의 질서

한 젊은이가 어떤 아가씨를 본 순간, 홀딱 반해 짝사랑을 하게 되었다. 젊은이의 사랑이 점점 깊어지면서 끝내 상사병을 앓게 되었다. 혼자서 끙끙 앓기가 너무도 괴로웠던 그는 의사를 찾아가 호소하였다.

"그 아가씨 이외에는 그 무엇도 싫습니다. 먹는 것도 자는 것도 뭔가를 하는 것도 다 싫어요."

"이 병은 마음의 병이니 그 아가씨와 육체관계를 하면 틀림없이 나을 것이오."

이러한 처방을 받은 그 젊은이는 고민 끝에 랍비를 찾아갔다.

"의사가 그녀와 육체적인 관계를 맺으라는 처방을 내렸는데 어찌하면 좋겠습니까?"

"절대로 성관계를 맺지 마시오."

"그러면 이러면 어떻습니까, 그녀가 옷을 벗고 제 앞에 서 있고 저는 마음속으로만 소원을 풀어서 병을 고칠 수는 없을까요?"

"그것 역시 안 되오."

"그렇다면 그녀와 담을 사이에 두고 이야기를 나누는 것으로 병을 낫게 하는 것은 어떨까요?"

"안 될 말이오."

"왜 제가 제시하는 조건은 모두 그토록 강경하게 안 된다고 하시는 것입니까?"

젊은이가 몹시 낙담하여 묻자, 랍비는 이렇게 말했다.

"모름지기 사람은 순결해야 합니다. 마음이 통한다고 하여 누구나 육체적인 관계를 맺게 된다면 이 세상의 질서는 무너질 수밖에 없습니다."

▌ 가장 중요한 재산

여행을 하던 어느 랍비가 배를 타고 멀리까지 가게
되었다. 배에는, 온갖 보석들로 치장을 하고 호화롭
게 차려 입은 부자들이 많이 타고 있었다. 그들은 저
마다 자신의 재산을 자랑하느라 정신이 없었다.

"이 보석 좀 보시오. 참으로 아름답지 않소. 이것을
구하느라 애를 먹었지요."

"이 옷을 누가 만들었는지 아세요?"

"이것은 세상에서 단 하나밖에 없는 것이라오."

"이런 물건을 어디서 본 적이 있소?"

그들이 저마다 한 마디씩 하는데 랍비만 입을 다물
고 조용히 있자 사람들이 이유를 물었다.

"당신은 자랑할 것이 없소?"

"사실은 제가 가장 큰 부자인 것 같습니다만, 지금
은 저의 재산을 보여줄 수가 없군요."

말을 들은 사람들은 비웃기라도 하듯 코웃음을 쳤
다.

바로 그때였다. 갑자기 해적이 나타나 그들이 타고

있던 배를 습격하였다. 그 배에 많은 부자들이 타고 있다는 정보를 듣고 그들의 재물을 빼앗기 위해 해적들이 들이닥쳤던 것이다.

"갖고 있는 모든 물건을 넘겨주면 목숨만은 살려주겠다."

해적들은 무기로 위협을 하며 부자들이 지니고 있던 모든 금은보화를 빼앗아 달아났다. 부자들은 그토록 입에 침이 마르도록 자랑하던 물건들을 해적들에게 모조리 빼앗기고 말았던 것이다.

해적이 모든 것을 털어서 달아난 뒤, 항로를 벗어난 그들의 배는 어느 낯선 항구에 닿게 되었다. 그 항구의 사람들은 어떻게 알았는지 랍비의 학식과 교양이 매우 높다는 것을 알고 가르침을 청하기에 이르렀다.

"우리의 아이들을 위해 높은 학식을 나눠주십시오."

사람들이 하도 간절히 원하자, 랍비는 할 수 없이 그곳에서 아이들을 가르치게 되었다. 그로부터 얼마 뒤, 랍비는 우연히 지난 날 해적에게 습격을 당했던 배에 함께 타고 있던 부자들을 만났다. 그들은 모든 재산을 잃고 가난뱅이가 되어 있었다.

"당신의 말이 옳았소. 지식이 있는 사람은 세상의

모든 것을 갖고 있는 것과 마찬가지더군요."

이때부터 지식은, 누구에게든 빼앗기는 일없이 지니고 다닐 수 있으므로 '교육은 가장 중요한 재산'이라는 말이 생기게 되었다.

▌지극한 효성

고대 이스라엘의 '디마'라는 도시에 금화 육천 개에 해당하는 커다란 다이아몬드를 갖고 있는 사나이가 있었다. 다이아몬드가 워낙 컸기 때문에 엄청난 가치를 지니고 있었던 것이다.

어느 날 랍비가 그 사나이를 찾아왔다.

"사원의 전각을 장식하는데 그 다이아몬드를 쓰고 싶소. 금화 육천 개를 가져왔으니 그 다이아몬드를 파시오."

다이아몬드를 넣어둔 상자의 열쇠는 그의 아버지가 보관하고 있었는데, 마침 사나이의 아버지가 열쇠를 베개 밑에 넣어두고 낮잠을 자고 있었다.

"죄송하지만 낮잠을 주무시는 아버지를 깨울 수 없으니 다이아몬드는 팔지 않겠습니다."

"대단한 효성이로군요."

랍비는 굉장한 돈벌이를 눈앞에 두고도 잠들어 있는 아버지를 깨우지 않는 것은 지극한 효성이라 칭찬하며 많은 사람들에게 그 이야기를 들려주었다.

▌ 천국행과 지옥행

　어떤 젊은이가 효도를 한답시고 통통하게 살이 오른 닭을 잡아 아버지께 가져다 드렸다.
　"이렇게 좋은 닭을 어디에서 구했느냐?"
　"여러 말씀 마시고 그냥 드시기나 하세요."
　젊은이가 퉁명스럽게 쏘아붙이자, 그의 아버지는 잠자코 있었다.

　또 다른 어떤 젊은이는, 자신의 방앗간에서 밀을 빻다가 나라에서 전국의 방아 찧는 사람을 소집한다는 소식을 듣고 아버지에게 방앗간 일을 맡기고 왕궁으로 향했다.

　이들 중에서 누가 천국에 가고 또 누가 지옥에 갔을까?
　방아를 찧는 사람은 왕이 그렇게 불러들인 노동자들을 혹사시키면서도 음식조차 제대로 주지 않는다는 사실을 잘 알고 있었기에 아버지 대신 자기가 간 것

이다. 그리하여 그는 천국에 갔지만, 아버지에게 통통하게 살이 오른 닭을 잡아준 젊은이는 아버지가 묻는 말에 제대로 대답하지 않았으므로 지옥에 떨어졌다.

진정 마음에서 우러나오는 대접이 아니라면 차라리 아버지에게 일을 시키는 것이 더 낫다.

▌세 명의 친구

옛날 어느 마을에 착실하게 살아가는 젊은이가 있
었다.

법 없이도 살 수 있을 정도로 착한 그 젊은이는 어
느 날 갑자기 궁전으로 출두하라는 임금님의 명령을
받았다.

'혹시 내가 나도 모르는 사이에 뭔가 나쁜 일을 저
질러 벌을 받게 된 것은 아닐까?'

그는 마음이 몹시 불안하였다.

'그래, 나 혼자 가는 것보다 친구를 불러 함께 가면
조금 안정이 될 거야. 친구들에게 부탁해 보자.'

그에게는 절친한 세 명의 친구가 있었다. 한 친구는
가장 소중하고 다정한 친구라 생각하고 있었고, 다른
친구는 사랑하기는 했지만 앞의 친구만큼 소중하다고
생각하지는 않았다. 나머지 한 친구는 친구라고 생각
하기는 하지만 그다지 관심을 갖고 있지는 않았다.

어쨌든 혼자서 임금에게 갈 용기가 없었던 그 젊은
이는 친구들을 불러 함께 가자고 제안을 했다. 먼저

가장 소중하고 다정한 친구라 생각하는 친구에게 말했다.

"내가, 임금님으로부터 궁전으로 오라는 명령을 받았는데 자네가 함께 가줄 수는 없겠나?"

"나는 그런 일에 끼어들고 싶지 않네."

그는 이유도 말하지 않고 일언지하에 거절해 버렸다. 할 수 없이 그는 사랑하기는 하지만 소중하다고 생각하지 않는 친구에게 부탁하였다. 그러자 그는 이렇게 대답했다.

"궁전 문 앞까지는 함께 갈 수 있지만, 그 이상은 따라갈 수 없네."

그는 자신이 인생을 헛살았음을 한탄하며 마지막 친구를 찾아갔다.

"좋아, 함께 가겠네. 자네는 지금까지 어떤 나쁜 짓도 한 적이 없으니 두려워할 일이 무엇이겠나. 내가 자네와 함께 가서 임금님께 그 사실을 말해주도록 하지."

세 명의 친구는 왜 그토록 다른 태도를 보여주고 있는 것일까?

처음의 친구는 '재산'과 같다. 재산은 아무리 소중하

고 귀중하게 생각될지라도 죽을 때에는 두고 떠나야
만 한다.

두 번째 친구는 '친척'과 같다. 그들은 무덤까지는
따라가 주지만, 결국에는 그만을 남겨두고 떠나가 버
린다.

세 번째 친구는 '선행'이다. 착한 행실은 비록 평소
에는 별로 눈에 띄지 않지만, 죽은 뒤에도 영원히 함
께 하는 것이기 때문이다.

■ 악마의 선물

세상이 생긴 지 얼마 되지 않았을 때의 일이다. 인간이 포도나무를 심고 있는데 악마가 찾아와 물었다.

"무엇을 하고 있는가?"

"아주 신기한 식물을 심고 있다네."

"그래? 이것은 처음 보는 식물인데!"

그 말을 들은 인간은 악마에게 설명을 해주었다.

"이 식물이 자라면 맛좋은 열매가 열리는데, 그 즙을 마시면 마음이 아주 행복해진다네."

"그래? 그러면 나도 한 몫 거들까?"

"좋지."

그러자 악마는 양과 원숭이, 사자, 돼지를 끌고 와서 죽인 다음 그 피를 거름으로 쏟아 부었다. 그렇게 하여 포도주가 생겨나게 되었다.

포도주는, 처음 마셨을 때에는 양처럼 순하지만 좀더 마시면 사자처럼 난폭해지게 만든다. 그보다 더

마시면 돼지처럼 추해지게 된다. 그리고 너무 지나치게 마시면 원숭이처럼 춤을 추거나 노래를 부르게 만든다.

이것은 바로 악마가 인간에게 준 선물이다.

▌ 양보다 질

옛날에 훌륭한 포도원을 가지고 있는 어느 왕이 있었다. 왕은 그 포도원을 가꾸기 위해 많은 노동자를 고용하였다. 그런데 그 노동자들 중에서 한 노동자는 대단히 능력이 뛰어났다. 남들이 하루 종일 걸려서 하는 일을 단 몇 시간 만에 해치울 정도로 재주가 있었던 것이다.

어느 날, 그 포도원을 찾아온 왕은 평소에 눈 여겨 두었던 그 노동자와 함께 포도원을 거닐며 이런저런 이야기를 나누었다.

어느덧 하루해가 저물자 노동자들은 줄을 서서 하루치의 품삯을 받았다. 그중에는 일은 하지 않고, 하루 종일 왕과 함께 포도원을 거닐던 노동자도 있었다.

이를 지켜보고 있던 불만을 품은 한 노동자가 거칠게 항의를 했다.

"아니, 그 사람은 두 시간밖에 일하지 않았고 나머지 시간에는 왕과 함께 포도원을 거닐었을 뿐인데 어떻게 우리와 똑같은 품삯을 주는 것입니까?"

그러자 왕이 이렇게 말했다.

"그는, 너희들이 하루 종일 걸려서 한 일보다 더 많은 일을 두 시간 동안에 해치웠다."

사람이 얼마나 오랫동안 일을 했느냐 하는 것은 그다지 중요하지 않다. 얼마나 훌륭한 성과를 올렸느냐 하는 것이 중요할 뿐이다.

마찬가지로 얼마나 오래 살았느냐가 중요한 것이 아니라 무엇을 하여 어떤 업적을 남기며 살았느냐가 중요하다.

생각의 문을 열고

▌ 남자는 여자 하기 나름이에요

어느 선량한 부부가 행복하게 잘 살다가 사소한 말다툼 끝에 결국 이혼을 하고 말았다.

남편은 곧바로 재혼을 했는데, 불행하게도 재혼한 여자가 불성실하고 이기적이며 난폭하기까지 하였다. 얼마 지나지 않아 선량했던 그 남자 역시 아내와 비슷하게 되어 버리고 말았다.

선량한 아내도 다른 남자를 만나 재혼을 하였다.

그 남자는 매우 불성실했다. 이기적이며 난폭하기까지 했다. 그러나 얼마 지나지 않아 그 남자도 아내를 닮아 선량한 사람이 되어 갔다.

남자는 역시 여자 하기 나름이다.

▌남자의 일생

한 살 '왕' 모두가 왕을 받들 듯 달래거나 어른다.

두 살 '돼지' 흙탕물 속을 제멋대로 뛰어다닌다.

열 살 '양' 웃거나 떠들며 뛰어다닌다.

열여덟 살 '말' 훌륭하게 성장하여 자신의 힘을 과시하려 애쓴다.

결혼하면 '당나귀' 가정이라는 무거운 짐을 지고 터벅터벅 걸어가지 않으면 안 된다.

중년은 '개' 가족을 먹여 살리기 위해 사람들의 호의를 구걸한다.

노년은 '원숭이' 어린아이처럼 되지만, 아무도 관심을 기울여주지 않는다.

▌ 칼자루

이 세상에 처음으로 쇠가 만들어졌을 때, 온 세상의 나무들은 두려움에 떨었다. 그러자 하느님이 나무들에게 말했다.

"두려워하지 말라. 니희가 칼에 쓰일 칼자루를 제공하지 않는 한, 쇠는 절대로 너희들에게 해를 입힐 수가 없을 것이다."

▍ 영원한 생명을 약속 받기에 적합한 사람

물건을 사고파는 사람들로 북적이는 시장의 한쪽 모퉁이에서 갑자기 한 랍비가 이렇게 외쳤다.

"이 시장에 있는 사람들 가운데 영원한 생명을 약속 받기에 적합한 사람이 있습니다."

사람들은 랍비가 말하는 사람이 누구인지 자못 궁금한 눈빛으로 랍비를 쳐다보았다. 하지만 시간이 꽤 지나도 그 사람은 나타나지 않았다. 기다리다 지친 사람들은 실망한 표정으로 자리를 떠나려 하였다.

바로 그때 두 사람이 랍비 앞으로 다가왔다.

"이들을 보십시오. 이들은 선행을 베푼 사람들로 영원한 생명을 약속 받기에 충분한 자격이 있습니다."

랍비의 말을 들은 사람들은 술렁거렸고, 그중의 한 사람이 이렇게 물었다.

"당신들은 도대체 어떤 장사를 하고 있습니까?"

"우리는 어릿광대입니다. 외롭고 힘든 사람에게 웃음을 주고 다툼이 있는 곳에는 평화를 가져다줍니다."

▌쓸모없이 존재하지 않는다

다윗 왕은 평소 거미에 대해, 장소를 가리지 않고 집을 짓는 더러운 벌레이며 아무런 쓸모가 없는 동물이라 생각하고 있었다. 그런데 어느 전쟁에서 적에게 포위되어 위기에 처하게 된 다윗 왕이 다급한 김에 어떤 동굴 속으로 숨어들었다.

'휴, 적들이 동굴 속으로 들어오지 않아야 할 텐데.'

다윗 왕이 가슴을 쓸어내리며 자신의 안녕을 걱정하고 있는 동안, 운이 좋았는지 마침 그 동굴의 입구에서는 거미가 이제 막 집을 짓고 있었다. 잠시 후, 다윗 왕을 뒤쫓아 온 적군이 이상하다는 듯한 표정으로 동굴 앞에 멈춰 섰다.

"분명히 이쪽으로 도망치는 것을 보았는데⋯⋯."

"이봐, 여기에 거미줄이 있는 것을 보니 이곳으로 들어가지 않은 모양이야."

"그러게 말이야. 다윗 왕이 개미가 아닌 바에야 어떻게 거미줄을 멀쩡히 두고 이곳으로 들어갈 수 있겠어."

"저쪽으로 가 보자고."

적군들은 다른 곳을 수색하기 위해 서둘러 떠나버렸다.

또, 이런 일도 있었다.

한창 전쟁터를 누비던 다윗 왕이 적장의 간담을 서늘하게 하여 항복을 받아내려는 계획을 세웠다. 적장의 침실에 몰래 숨어 들어가 그의 칼을 훔쳐온 뒤에 적장을 향해 이렇게 경고하려는 계획이었다.

"그대의 칼은 바로 여기에 있소. 사실 내가 마음만 있었다면 그대의 목숨을 빼앗아오는 일은 일도 아니었을 것이오."

그러나 생각처럼 쉽게 적장의 칼을 훔쳐올 기회가 오지 않았다. 그러던 어느 날, 간신히 기회를 잡아 적장의 막사에 숨어 들어갈 수가 있었다. 문제는, 칼이 적장의 발밑에 깔려 있어서 빼낼 수가 없다는 것에 있었다.

바로 그때였다.

'앵' 하고 모기 한 마리가 날아오더니 적장의 다리로 날아가 칼을 깔고 있던 발을 꽉 물어버렸다. 그러자 적장은 무의식중에 다리를 움직였고 그 순간, 다윗 왕은 적장의 칼을 훔쳐낼 수 있었다.

그리고 이런 일도 있었다.

전쟁을 하던 중에 적군에게 포위되어 상황이 급박하게 돌아가자 다윗 왕은 갑자기 옷을 바꿔 입고 미치광이 흉내를 내기 시작했다. 그가 침을 질질 흘리고 눈을 뒤집으며 이상한 말을 지껄이자, 그를 만난 적군들은 투덜거리며 그의 곁을 지나갔다.

"저 녀석은 뭐야?"

"그러게 말이야. 웬 미치광이가 전쟁터를 돌아다니는군."

"그러나 저러나 다윗 왕은 어디에 있는 거야?"

"어서 가세. 저런 미치광이하고 실랑이할 시간이 어디 있나."

적군들은 설마 그 미치광이가 다윗 왕일 거라고는 꿈에도 생각하지 못했던 것이다.

세상에는 그 어떤 것도 쓸모없이 존재하는 것은 없다. 아무리 하찮아 보이는 것일지라도 소홀히 대해서안 되는 이유가 바로 여기에 있다. 사람이 언제 어떤 상황에 놓일지, 그리고 어떤 존재의 도움을 받을지는 그 누구도 알 수 없는 일이기 때문이다.

▌선행과 쾌락

많은 사람들을 태운 유람선이 항해를 하다가 거센 폭풍우를 만나 표류하게 되었다. 항로를 벗어나 이리 저리 떠밀려 다니던 유람선은 이윽고 폭풍우가 가라 앉게 되면서 어느 아름다운 섬에 닿게 되었다.

그 섬에는 온갖 아름다운 꽃들이 피어 있었고 탐스 러운 열매가 열린 나무들이 즐비하게 늘어서 있었다. 새들의 아름다운 노랫소리도 청아하게 울려 퍼졌다. 폭풍우와의 싸움으로 지칠 대로 지쳐버린 사람들은 그 섬의 광경에 넋을 잃었지만, 섬에 내릴 것인지 말 것인지 공방을 벌이다가 결국 다섯 그룹으로 나뉘게 되었다.

첫 번째 그룹의 사람들이 말했다.

"갑자기 순풍이 불어와 유람선이 떠나 버리면 큰일 이야. 우리의 목적지는 여기가 아니라고. 그러니 섬이 아무리 아름다워도 우리는 유람선에 그냥 남아 있겠 네."

그래서 이들은 그냥 배에 남아 먼발치에서 섬을 바

라보게 되었다.

두 번째 그룹의 사람들은 이렇게 생각했다.

'재빨리 섬에 상륙해서 향기로운 꽃향기도 맡고 맛있는 과일을 따먹은 다음, 약간의 휴식을 취한 뒤에 서둘러 유람선을 타면 될 거야.'

이들은 섬에 상륙하여 원기를 회복시킨 후에 서둘러 유람선에 올라탔다.

세 번째 그룹의 사람들이 말했다.

"순풍이 불어오기는 틀렸다고. 그러니 아름다운 섬에서 맘껏 머물러도 상관없어. 만약 순풍이 불어온다면 서둘러 유람선에 올라타면 되지 뭐."

섬의 아름다움에 푹 취해버린 이들은 오랫동안 섬에 머물러 있다가 순풍이 불어오는 것을 알고 앞다퉈 배에 올랐다. 그 바람에 소지품을 미처 챙기지 못했다.

게다가 이미 다른 사람들이 승선한 뒤에 올라탔으므로 유람선의 좋은 자리를 모두 빼앗기고 말았다.

네 번째 그룹의 사람들이 말했다.

"저렇게 아름다운 섬을 두고 그냥 갈 수는 없지. 어서 가 보자고."

이들은 섬에 머물다가 순풍이 불어 선원들이 출발

준비를 하고 있는 것을 보았으면서도 '설마 선장이 우리를 부르지도 않고 출발하지는 않겠지'라는 생각으로 그냥 앉아 있었다. 그런데 정말로 배가 떠나려 했다. 다급해진 마음에 무작정 바다에 뛰어들어 헤엄을 쳐서 간신히 승선을 했다. 하지만 이들은 급히 헤엄을 치느라 바위나 배의 주위에서 상처를 입어 항해가 끝날 때까지 고생하게 되었다.

다섯 번째 그룹은 아예 섬에 눌러 살 것처럼 너무 깊숙이 들어갔다가 출항을 알리는 뱃고동 소리를 미처 듣지 못해 섬에 남게 된 사람들이다. 이들은 숲 속의 맹수들에게 잡아먹히거나 독이 있는 과일을 먹고 신음을 하다가 모두 죽고 말았다.

당신은 어느 그룹에 속하는가.

이 이야기에서 유람선은 인생의 '선행'을 뜻하고 섬은 '쾌락'을 의미한다.

첫 번째 그룹은 인생에서의 쾌락을 전혀 맛보려 하지 않았다.

두 번째 그룹은 약간 쾌락에 잠겼지만, 유람선을 타고 목적지까지 가야 하는 의무를 저버리지 않았다.

세 번째 그룹은 비록 돌아오기는 했으나, 쾌락에

너무 깊이 빠지게 되어 고생을 했다.

네 번째 그룹 역시 돌아오기는 했으나, 그것이 너무 늦어 목적지에 도착할 때까지 상처가 아물지 않았다.

다섯 번째 그룹은 평생 동안 쾌락에 빠져 미래를 잊고, 달콤한 현실 속에 들어 있는 독소로 인해 인생을 망치게 되었다.

이 중에서 인간이 가장 빠지기 쉬운 것은 바로 다섯 번째 그룹이다.

훔쳐간 것과 남긴 것

어느 날, 로마의 황제가 한 랍비의 집을 방문하여 이렇게 물었다.

"너희들이 믿는 하느님은 도둑이다. 왜 남자가 잠을 자고 있을 때, 허락도 없이 갈비뼈 하나를 훔쳐갔지?"

곁에서 그 말을 듣고 있던 랍비의 딸이 말했다.

"폐하, 폐하의 부하를 한 사람만 빌려 주십시오. 조금 곤란한 문제가 생겨 그것을 조사했으면 합니다."

"그야 어려운 일이 아니지. 그런데 그 곤란한 일이라는 게 뭔가?"

"사실 어젯밤 저희 집에 도둑이 들었는데, 그 도둑이 은 접시를 훔쳐가면서 그 자리에 금 접시를 놓고 갔습니다. 왜 그랬는지 그 이유를 알아보고자 합니다."

"오, 세상에 그런 일도 있구나. 그런 도둑이라면 우리 집에도 들어왔으면 좋겠는걸!"

그러자 랍비의 딸이 말했다.

"그러시겠지요. 따지고 보면 이것은 아담의 몸에서 일어난 일과 똑같다고 생각되지 않습니까? 하느님께서는 남자에게서 갈비뼈 하나를 훔쳐 가셨지만, 그 대신 이 세상에 여자를 보내주시지 않았는지요?"

▌꿈은 암시로부터 온다

어느 로마군 장교가 유명한 랍비를 찾아왔다.

"유대인은 매우 현명하다고 들었는데, 오늘밤 내가 어떤 꿈을 꾸게 될 것인지 가르쳐주시오."

그 당시 로마군에게 있어 가장 큰 적은 페르시아군이었다. 그래서 랍비는 이렇게 말해주었다.

"페르시아군은 로마군을 기습하여 로마를 정복하고 로마를 지배하며, 로마인을 노예로 삼고 로마인이 싫어하는 일들만 골라서 시키는 꿈을 꿀 것입니다."

다음날 아침, 그 장교는 다시 랍비를 찾아왔다.

"당신은 어떻게 내가 그런 꿈을 꿀 것을 미리 알았소?"

랍비는 다만 빙그레 웃을 뿐이었다. 그 장교는 '꿈이 암시로부터 온다'는 사실을 모르고 있었고, 또한 자신이 암시에 걸렸다는 것조차 모르고 있었던 것이다.

▌오늘을 준비하면

어느 마음씨 고운 부자가 자신이 거느리고 있던 하인을 위해 많은 물건을 내어주며 그를 노예 생활에서 해방시켜 주었다.

"배를 타고 아주 멀리 가서 부디 행복하게 잘 살거라."

"고맙습니다, 주인님! 이 은혜는 평생 잊지 않겠습니다."

그 하인은 주인이 내준 많은 물건을 배에 싣고 바다를 항해하게 되었다. 그런데 도중에 폭풍우를 만나 모든 것을 잃고 말았다.

간신히 목숨만 건진 그는 가까운 섬으로 헤엄쳐 올라갔다. 하지만 모든 것을 잃었다는 허탈감에 한동안 멍하니 앉아 있기만 했다. 그러다가 배고픔을 느낀 그는 섬 안에 뭔가 먹을 것이 없나 하고 살펴보기 위해 자리에서 일어섰다.

그가 먹을 것을 찾기 위해 몇 걸음 떼었을 때였다. 어디선가 사람들이 몰려나오더니 아무것도 걸치지 않은 그를 열렬히 환영해 주었다.

"우리들의 왕이시여! 어서 궁전으로 향하소서."

그는 모든 것이 이상하고 어리둥절했지만, 미처 물어볼 겨를도 없이 사람들에게 떠밀려 궁전으로 들어가게 되었다. 그 날부터 그는 호화로운 생활을 누릴 수 있었으나 아무래도 뭔가 이상하다는 생각이 들어 어떤 사람을 붙들고 물어보았다.

"이보게. 나는 돈은커녕 옷도 제대로 걸치지 못한 채 이곳에 왔는데, 나를 왕으로 모시다니 참으로 이상하네. 그 이유를 말해 주지 않겠나?"

"우리는 살아 있는 인간이 아닙니다. 영혼입니다. 그래서 일 년에 한 번씩 살아 있는 사람이 이곳에 찾아와 우리의 왕이 되어주기를 바라고 있지요. 하지만 주의하십시오. 일 년이 지나면 당신은 이곳에서 쫓겨나 아무것도 존재하지 않는 죽음의 섬으로 보내지게 됩니다."

"그렇군. 아무튼 알려주어서 고맙네."

자신이 일 년 후에 죽음의 섬으로 보내진다는 것을 알게 된 하인은 곰곰이 궁리를 하였다.

'죽음의 섬이란 과연 어떤 곳일까? 그리고 그 섬을 죽음의 섬이라고 부르는 이유는 무엇일까? 우선 그

섬엘 다녀와야겠다.'

결국 죽음의 섬에 대한 궁금증을 참지 못하고 그곳에 다녀온 하인은 그 날부터 일 년 후를 위해 준비를 하기 시작했다.

그는 시간이 날 때마다 아무것도 없는 죽음의 섬으로 찾아가 꽃도 심고 과일 나무도 심어 일 년 후를 대비했던 것이다.

'식물과 나무들이 자라게 되면 죽음의 섬이 아니라 살아 있는 섬이 될 거야.'

드디어 일 년이 지나자, 왕이었던 그 하인은 호화로운 궁전에서 쫓겨나 그곳에 벌거숭이로 왔던 것과 마찬가지로 모든 것을 잃은 채, 죽음의 섬으로 보내졌다.

그런데 그가 죽음의 섬에 도착해 보니 그곳은 이미 꽃도 피고 나무열매도 맺어 아름다운 섬으로 변해 있었다. 게다가 먼저 그 섬에 와 있던 사람들이 그를 따뜻하게 맞아주어 그는 조금도 외롭지 않았다. 아니, 오히려 자신이 그 동안 가꿔놓은 아름다운 섬에서 행복하게 살아갈 수 있게 되었다.

이 이야기에서 마음씨 고운 부자는 하느님을 의미

한다. 그리고 하인은 인간의 영혼이며 왕으로 환대를 받는 섬은 세상이고, 그를 따르던 영혼들은 인류를 의미한다. 또한 일 년 후에 보내진 섬은 내세이고 그 곳에 심은 꽃과 과일 나무는 '선행'을 뜻한다.

▌육체와 영혼이 힘을 합하면

 어느 나라의 왕이 '오차'라고 하는 맛있는 과일 나무를 갖고 있었다. 그 과일의 맛이 기가 막힌다는 소문이 자자했기 때문에 왕은 그 나무를 지키기 위해 고심하지 않을 수 없었다.

 '그래, 경비원을 고용하여 그 나무를 지키게 하자.'

 그리하여 왕은 두 사람의 경비원을 고용하였는데, 공교롭게도 한 사람은 장님이었고 다른 한 사람은 절름발이였다.

 "이봐! 이 오차가 그렇게 맛있다며?"

 "아, 그러니까 우리를 시켜 이렇게 지키라고 하는 것이 아니겠나."

 "그럼 우리 조금만 따먹어 볼까?"

 "뭐라고?"

 "아니, 저렇게 많이 달려 있는 것 중에서 우리가 조금 따먹는다고 티가 나겠어?"

 "그건 그래, 좋아 우리 따먹도록 하세."

 그리하여 이들은 장님이 절름발이를 어깨 위에 태

운 뒤, 절름발이가 과일을 따서 두 사람은 맛있는 과일을 실컷 먹게 되었다.

누군가가 과일을 따서 먹었다는 사실을 알게 된 왕은 대단히 진노하였고, 마침내 두 경비원을 불러 문초하기에 이르렀다.

"네 놈들이 저 과일을 따먹었지? 어서 사실대로 고하라."

장님이 먼저 항변하였다.

"저는 앞을 볼 수 없어 과일을 따먹을 수 없습니다."

그러자 옆에 있던 절름발이도 이렇게 둘러댔다.

"저렇게 높은 곳에 있는 과일을 제가 어찌 딸 수 있는지요."

왕은 그들이 의심스럽기는 했지만, 물증이 없는데다 그들의 변명에 일리가 있기에 더는 어쩌지 못했다.

어떤 일에서든 둘의 힘은 하나의 힘보다 더 강하다. 마찬가지로 인간은 육체만으로는 아무것도 할 수 없다. 영혼 역시 혼자의 힘으로는 아무것도 할 수 없다. 그러나 육체와 영혼이 힘을 합하면 그 어떤 일도 못할 것이 없다.

▌도시를 지키는 사람

어느 훌륭한 랍비가 북쪽에 있는 두 나라에 시찰단을 보냈다. 시찰을 간 사람은 그 도시를 지키고 있는 사람을 찾아가 책임자를 만나 조사할 것이 있음을 넌지시 던졌다.

이 말을 전해들은 그 도시의 방위를 책임지고 있는 장군이 그를 찾아왔다.

"저를 만나자고 하셨다지요?"

"아닙니다. 우리들은 이 도시를 지키는 책임자를 만나고 싶을 뿐입니다."

그 말을 들은 장군은 그 도시의 경찰서장을 보냈다.

"저를 찾으셨습니까?"

"우리들이 만나고 싶은 사람은 장군이나 경찰서장이 아니라, 학교의 교사입니다. 경관이나 군인은 파괴만 할 뿐이지요. 진정으로 도시를 책임지고 지키는 사람은 바로 교사입니다."

▌ 초대받은 손님

어느 나라의 왕이 성대한 만찬을 준비한 다음, 많은 사람들을 초청하였다. 그런데 그 왕은 사람들을 초대하면서 언제 와야 하는지 그 시간을 가르쳐주지 않았다.

총명한 사람들은 이를 두고 이렇게 생각을 하였다.
'왕께서 하는 일이니 언제든 만찬은 열릴 것이다. 그러니 미리 준비하고 있는 것이 좋을 것이다.'
그들은 만찬이 열리면 언제라도 참석할 수 있도록 왕궁의 정문 앞에 가서 기다렸다.

반면에 어리석은 사람들은 이런 생각을 했다.
'만찬을 준비하려면 시간이 걸릴 테니 서두르지 않아도 될 거야.'
그들은 만찬에 대해 아무런 준비도 없이 마냥 기다리고만 있었다. 그런데 갑자기 만찬이 열린다는 소식이 들려왔다.

이때 총명한 사람들은 즉시 만찬에 참석하여 맛있는 음식을 먹을 수 있었으나, 어리석은 사람들은 그제야 준비를 하느라 야단법석을 떨다가 끝내 만찬에 참석하지도 못했다.

마찬가지로 인간은 언제 어느 때 하늘의 부름을 받게 될지 알 수 없다. 때문에 하늘의 부름을 받았을 때, 언제라도 당황하지 않고 응할 수 있도록 준비를 하고 있는 것이 바람직한 일이 될 것이다.

▌어려운 상황에도 희망을 갖고

랍비 아키바가 당나귀와 개 그리고 작은 램프를 가지고 여행을 하고 있었다. 어느 날, 날이 저물어 잠잘 곳을 찾던 그는 마을 어귀에서 빈 헛간을 발견하고는 그곳에 잠자리를 폈다.

아직 잠자기에는 이른 시간이었기에 그는 램프에 불을 붙인 다음 책을 꺼내 읽기 시작했다. 그가 소리 내어 열심히 책을 읽고 있는데 갑자기 바람이 불어왔다. 그 바람에 크게 일렁이던 램프의 불이 그만 꺼지고 말았다.

"휴, 할 수 없군. 잠이나 자야겠다."

그는 어쩔 수 없이 잠을 청하기로 하고 바닥에 누웠다. 그런데 밤중에 어떤 날짐승들이 헛간 근처를 배회하는 듯한 느낌이 들었다.

순간, 당나귀와 개의 울부짖음이 밤하늘로 울려 퍼졌다. 너무나 무서웠던 아키바는 헛간에 죽은 듯이 엎드려 있었다.

이윽고 아침이 되었다. 아키바는 주위를 둘러보며

당나귀와 개를 찾았다. 그러나 당나귀는 어디론가 끌려가 버렸고, 개는 이미 다른 짐승에게 물려 죽어 있었다.

"이럴 수가!"

너무도 가슴이 아팠던 그는 개를 묻어주고 달랑 램프 하나만을 들고는 마을로 들어섰다. 그런데 마을에는 사람은커녕 그림자조차 보이지 않았다. 쥐 죽은 듯이 고요했다. 타다가 남은 연기와 시신이 뒹굴고 있는 것으로 보아 아마도 밤새 도적 떼의 습격을 받아 마을이 쑥대밭이 되고 사람들은 몰살당한 것임에 틀림없었다.

만약 램프가 꺼지지 않았더라면 그 역시 도적들의 습격을 받았을 것이다. 뿐만 아니라 개가 살아 있었다면 그 개가 짖어댔을 것이 뻔한 일이었다. 당나귀 역시 마찬가지였을 것이다. 그가 지닌 모든 것을 잃었기에 도적들에게 발견되지 않았던 것이다.

사람은 제아무리 어려운 상황에 놓이게 되더라도 결코 실망을 해서는 안 된다. 오히려 그 어려움이 더 좋은 일을 위한 발판이 될 수도 있다는 것을 깨닫고 희망을 가져야 한다는 사실을 명심해야 할 것이다.

▌상징적인 것의 의미

로마의 어느 황제가 이스라엘의 가장 위대한 랍비와 매우 친하게 지내고 있었다. 생일이 같았던 그들은 양국 간의 관계가 그다지 좋지 않을 때에도 친한 관계를 계속 유지하고 있었다.

그들은 둘 다 영향력이 강한 위치에 있었으므로 대외적으로 볼 때 친한 관계가 과히 좋은 일이 아니었다.

그래서 황제가 랍비에게 뭔가를 묻고 싶을 때에는 사람을 보내 간접적으로 물어보아야만 했다.

어느 날, 황제는 랍비에게 이런 메시지를 보냈다.

"나에게는 이루고 싶은 일이 두 가지가 있소. 하나는 내 아들에게 황제의 자리를 넘겨주는 것이고, 다른 하나는 이스라엘에 있는 타이 베리아스라는 도시를 '자유관세지역'으로 만드는 것이오. 지금 내 처지로는 둘 중에서 한 가지밖에 이룰 수 없는데, 어떻게 하면 한꺼번에 두 가지를 이룰 수 있겠소?"

그 당시 양국의 관계가 몹시 험악해지고 있던 시절

이라 랍비는 황제의 질문에 직접 대답을 보낼 수가 없었다. 그것이 국민들에게 알려지면 악영향을 미칠 게 불을 보듯 뻔했기 때문이다.

어쨌든 심부름을 보낸 사람이 돌아오자 황제가 물었다.

"그래, 메시지를 전했을 때 랍비는 무엇을 하고 있었나?"

"아들을 목마 태운 다음, 비둘기를 아들에게 주더군요. 그러자 아들은 그 비둘기를 하늘로 날려 보냈습니다. 다른 것은 없었습니다."

'음, 황제의 자리를 아들에게 먼저 물려주고 그 다음에 아들로 하여금 자유관세지역을 만들도록 하라는 뜻이구나.'

"그래 수고했다."

며칠이 지나자 황제는 또 다시 랍비에게 사람을 보냈다.

"신하들이 내 마음을 어지럽히는구려. 어찌하면 좋겠소?"

메시지를 받은 랍비는 뜰에 나가 채소를 한 포기 뽑아왔다. 그러더니 조금 있다가 또 다시 채소를 뽑아왔다. 그리고 조금 지나서 똑같은 일을 반복했다.

심부름을 갔다온 사람이 그대로 고하자 황제는 랍
비의 뜻을 곧바로 알아들었다.

'나의 적들을 한꺼번에 쓸어버리지 말고 몇 번에 나
눠서 하나하나 처단하라는 뜻이렷다!'

사람은 굳이 말이나 글을 통하지 않더라도 어떤 상
징적인 행동을 통해 자신의 의사를 얼마든지 전달할
수가 있다.

모든 것을 이겨내는 강한 힘

어느 날, 솔로몬이 잠을 자다가 꿈을 꾸게 되었다. 자신의 사랑스러운 딸의 신랑 될 사람이 나쁜 사나이 라는 계시였다.

"이 일을 어찌한다!"

한참을 고민하던 솔로몬은 딸을 작은 섬 외진 곳으로 데려가 숨겨놓고는 그 둘레를 높은 담으로 둘러쌌다. 그런 다음에 감시병을 배치하여 지키게 하였다. 물론 열쇠는 자신이 직접 보관하였다.

그 시각, 왕이 꿈에서 보았던 그 나쁜 사나이는 인적이 없는 광야에서 헤매고 있었다. 밤이 되어 날씨가 몹시 추워지자, 그는 죽은 사자의 가죽 속으로 들어가 잠을 잤다. 그런데 어디선가 커다란 새가 날아와 그 사자의 가죽을 입에 물고 날아가다가 공주가 갇혀 있는 곳의 후원에 떨어뜨리고 말았다. 그리하여 그 사나이는 공주를 만나게 되었고, 두 사람은 이내 사랑에 빠지게 되었다.

사랑은 모든 것을 이겨내는 강한 힘을 지니고 있다.

▌ 가장 강한 사람

마음은 사람의 모든 기관을 좌우한다.

마음은 보고 듣고 걷고 선다. 굳어지고 부드러워지고 기뻐하고 슬퍼하고 화내고 두려워하고 거만해진다. 또 설득되고 사랑하고 미워하고 부러워하고 원망하고 사색하고 질투를 하며 반성을 한다.

그러므로 가장 강한 사람은 바로 자신의 마음을 통제할 수 있는 사람이다.

자제력을 잃게 되면

어느 나라의 임금이 병에 걸리자, 용하다는 의사를 모조리 불러 모아 병을 낫게 하는데 필요한 것이 무엇인지 물었다. 워낙 임금의 병이 희귀한 것이었기에 의사들은 선뜻 처방을 내리지 못했다.

그중의 한 의사가 이런 처방을 내렸다.

"이 병에는 암사자의 젖이 효과가 있습니다."

의사의 처방이 내려지자 신하들은 '암사자의 젖을 어떻게 구해올 것인지'를 궁리하기에 바빴다.

그때 어느 영리한 젊은이가 앞으로 나서며 이렇게 말했다.

"제가 다녀오겠습니다."

"좋소. 반드시 구해오도록 하시오."

승낙을 받은 젊은이는 그 날부터 사자굴 가까이에 다가가 새끼사자들과 어울려 놀다가 어미가 새끼를 찾으면 한 마리씩 넘겨주었다. 그렇게 사자들과 어울린 지 십여 일이 지났다.

암사자는 마침내 젊은이를 허물없이 대하기 시작했

다. 그리하여 젊은이는 임금의 약으로 쓸 사자의 젖을 조금 짜낼 수 있었다.

사자의 젖을 구한 젊은이가 궁전으로 돌아오는 도중에 이상야릇한 꿈을 꾸게 되었다. 자신의 신체 각 부분이 서로 싸우는 꿈을 꾸었던 것이다.

다리가 말했다.

"내가 없었더라면 사자가 있는 굴까지 갈 수 없었을 거라고."

그러자 이번에는 눈이 나섰다.

"무슨 소리! 내가 아니었더라면 여기까지 어떻게 올 수 있었겠느냐고."

심장 또한 자신이 아니었더라면 사자에게 접근할 대담성이 없었을 것이라고 주장하였다. 그 말을 듣고 있던 혀가 말했다.

"너희들이 아무리 잘났다고 떠들어봤자 내가 없었으면 아무런 소용이 없었을 거야."

하지만 신체의 다른 부분들이 혀의 말에 일제히 반박을 하고 나섰다.

"뼈도 없고 쓸모도 없는 작은 고깃덩어리 주제에 까불지 말라구."

그 바람에 혀는 놀리는 것을 멈춰버렸다. 그러는 동

안 젊은이가 궁전에 도착하자, 혀가 다시 말을 했다.

"우리 중에서 누가 가장 중요한지 똑똑히 보여주마!"

젊은이가 임금 앞에 나아가자 임금이 물었다.

"이 젖이 무슨 젖인가?"

그때 젊은이의 입에서는 엉뚱하게도 다른 말이 튀어나왔다.

"이것은 개의 젖입니다."

이 소리를 듣고 깜짝 놀란 신체의 다른 부분들은 그제야 혀가 얼마나 중요한 부분인지 깨닫고 서둘러 사과를 하였다. 다른 신체의 부분들로부터 사과를 받은 혀는 이렇게 말했다.

"아닙니다. 제가 잠깐 딴 생각을 하다가 그만 실언을 했습니다. 이것은 틀림없는 암사자의 젖입니다."

중요한 부분이나 위치에 있는 사람이 자제심을 잃게 되면 어처구니없는 일이 벌어지게 마련이다.

▌감사의 마음

이 세상 최초의 인간이었던 아담은 빵을 얻기 위해서 얼마나 많은 일을 했을까? 우선 밭을 일구고 씨를 뿌려 밀을 가꾸고 거둬들이고, 갈아서 가루를 만들어 반죽을 하고 굽는 등의 헤아릴 수조차 없는 많은 단계의 일을 스스로 처리해야만 했다. 그러나 지금은 돈만 내면 빵집에서 얼마든지 쉽게 빵을 살 수가 있다.

옛날에 혼자서 하던 그 많은 일을 지금은 여러 사람들이 나눠서 하게 되어 편리해졌다. 그러므로 빵을 먹을 때에는 반드시 많은 사람들에게 감사하는 마음을 가져야 한다.

이 세상 최초의 인간이었던 아담은 자기 몸을 가릴 옷을 만들기 위해 얼마나 많은 수고를 했을까?

우선 양을 키우고 털을 깎고 털로 실을 만들어 옷감을 짰다. 그 옷감으로 옷을 만들어 입기까지는 상당한 노력이 필요했다. 그러나 지금은 옷가게에 가면 얼마든지 좋아하는 옷을 사 입을 수 있다.

그 옛날, 혼자서 하던 그 많은 일을 지금은 여러 사

람들이 나눠서 하고 있기 때문에 가능해진 일이다. 그러므로 옷을 입을 때에는 반드시 많은 사람들에게 감사하는 마음을 가져야 한다.

▌ 작별 인사

사막을 횡단하던 어떤 여행자가 오랜 여행 끝에 굶주림과 갈증으로 시달리고 있었다. 사막은 여전히 끝없는 모래로 이어져 있었고, 태양은 모든 것을 녹여 버릴 듯이 이글거리고 있었다.

'아, 너무 목이 마르다!'

그런데 바로 그때 저 멀리 녹색의 나무숲이 보이는 것이 아닌가.

'설마 신기루는 아니겠지?'

그는 그 녹색의 나무숲을 향해 서둘러 달려갔다.

분명 신기루는 아니었다. 그는 숲의 고마움을 느낄 사이도 없이 허겁지겁 나무에 열린 열매와 물로 굶주림을 해결하고는 안도의 숨을 내쉬었다.

그것도 잠시 그는 다시 길을 떠나야만 했다. 그래서 그는 물통에 물을 가득 채운 다음, 도움을 준 나무에게 작별 인사를 하였다.

"나무야, 정말로 고맙다. 어떻게 이 고마움을 표현해야 할지 모르겠구나. 열매를 더 달콤하게 해달라고

빌려 해도 이미 너의 열매는 충분히 달콤해. 무성하게 자라나도록 빌려 해도 너는 이미 충분히 무성하다. 그리고 네가 잘 자라도록 충분한 물을 보내달라고 빌려 해도 이미 이곳에는 물이 충분히 있어. 그러니 내가 너를 위해 빌어 줄 것은 너의 열매가 풍성히 열리고 그 열매로 많은 나무들이 너처럼 아름답고 훌륭한 나무로 자라도록 해달라는 것밖에 없구나."

만약 당신이 어떤 사람과 작별 인사를 해야 할 때, 그가 이미 현명하고 부자이며 사람들로부터 칭찬을 받고 있다면 무슨 말로 작별 인사를 하겠는가.

"당신의 아이들도 당신처럼 훌륭한 사람으로 자라기를 빕니다."

아마도 이런 인사가 필요하지 않을까 싶다.

▌세상에서 가장 아름다운 행위

환자를 위해 병문안을 가는 것은 아름답고 갸륵한 일이다.

왜냐하면 병문안을 가면 환자의 병은 육십분의 일 정도 회복되기 때문이다. 그렇지만 육십 명이 한꺼번에 병문안을 간다고 해서 환자의 병이 완쾌되는 것은 아니다.

죽은 사람의 무덤을 찾아가는 것은 더 아름답고 갸륵한 일이다. 병문안은 그 환자가 나으면 고맙다는 인사를 받을 수 있지만, 죽은 사람으로부터는 인사를 받을 수 없기 때문이다.

감사하다는 인사를 바라지 않고 하는 행위야말로 세상에서 가장 아름다운 행위가 된다.

▌강자와 약자

사자는 모기를 두려워하고 코끼리는 거머리를 무서워한다.

전갈은 파리를 두려워하고 매는 거미를 무서워한다.

아무리 크고 강한 것일지라도 그 힘이 반드시 절대적인 것은 아니다. 아무리 약한 것일지라도 조건만 맞으면 얼마든지 강자를 이길 수 있다.

▌ 장사꾼의 재치

어느 시골의 장사꾼이 장사할 물건을 구입하기 위해 도시로 왔다. 그런데 며칠 후에 물건을 염가로 판매한다는 정보를 알게 된 그는 물건 사는 것을 뒤로 미루었다. 그러다 보니 많은 돈을 가지고 다니는 것이 문제가 되었다.

'이것을 어찌한다?'

현금을 보관할 마땅한 장소를 찾지 못했던 그는 생각 끝에 땅에 파묻기로 했다. 그리고 조용한 장소를 찾아내서 가지고 있던 돈을 몽땅 파묻었다.

그 다음날, 돈이 잘 있는지 확인하기 위해 그곳을 찾아갔던 장사꾼은 깜짝 놀라지 않을 수 없었다. 파묻었던 돈이 온데간데없이 사라져버린 것이다.

'아니 이럴 수가! 내가 돈을 파묻을 때 본 사람이 아무도 없었는데… 도대체 어찌된 일이지?'

사방을 둘러보던 그는 그리 멀지 않은 곳에 있는 집한 채를 발견하게 되었다. 다가가서 그 집의 벽을 살펴보니 돈을 묻어둔 곳을 향해 구멍이 뚫려 있는 것이 아닌가.

'옳지. 이 집에 사는 사람이 내가 돈 숨기는 것을 보고 훔쳐간 모양이로구나.'

장사꾼은 곧바로 집안을 향해 소리를 질렀다.

"누구 안 계십니까?"

그러자 안에서 백발의 노인이 나오며 말했다.

"뉘시오."

"그저 산책을 하다가 집이 있기에 목이라도 축이려는 생각에 들렀습니다."

장사꾼은 그렇게 엉뚱한 이야기로 분위기를 누그러뜨린 다음 눈치를 살피다가 노인에게 물었다.

"어르신께서는 이곳에서 오랫동안 살고 계신 모양입니다. 그러니 아는 것도 많으시겠지요. 제가 워낙 아는 것이 없어서 그러는데 저에게 지혜 좀 빌려주시지 않겠습니까?"

"무슨 일인데 그러오."

"사실은 제가 이 도시로 물건을 사러 올 때, 지갑 두 개를 가지고 왔습니다. 지갑 하나에는 은화 오백 개를 넣어가지고 왔고, 다른 하나에는 팔백 개를 넣어가지고 왔지요. 그런데 물건을 금방 사는 것이 여의치 않아 그중에서 돈이 적게 든 지갑을 아무도 몰래

땅 속에 파묻어 놓았습니다. 나머지 하나도 어딘가에 보관을 해야 하는데 어찌해야 할까요? 그것도 땅에 묻어야 할지 아니면 아는 사람에게 맡겨야 할지 갈피를 잡지 못하겠네요."

장사꾼의 말에 노인의 눈이 동그랗게 커지며 빛을 내기 시작했다.

"만일 내가 당신이라면 아무도 믿지 않겠소. 적게 든 지갑을 묻어둔 곳에 많이 든 지갑도 함께 묻어두는 것이 나을 것이오."

"그렇군요. 제가 한참이나 고민하던 문제를 이토록 쉽게 해결해 주셔서 참으로 고맙습니다."

그때 노인은 속으로 이게 웬 횡재냐 싶어 입이 함박만큼 벌어져 있었다.

"안녕히 계십시오."

"잘 가시오. 그 돈은 반드시 땅에다 묻어두는 것이 안전할 것이오."

노인은 다시 한 번 다짐을 두었다. 하지만 장사꾼은 그 집을 나와 숲에 몸을 숨기고 자신이 돈을 묻어두었던 곳에 시선을 고정시키고 있었다. 그러자 욕심쟁이 노인이 훔쳐갔던 장사꾼의 돈을 다시 그 장소에 파묻는 것이 보였다.

'그러면 그렇지.'

　노인이 돌아가자, 장사꾼은 서둘러 지갑을 찾아 가지고 돌아갔다.

네가 범인이야

안식일을 맞이하여 세 사람의 유대인이 예루살렘으로 가게 되었다.

그 당시에는 은행이 없었으므로 세 사람은 자신들이 갖고 있던 돈을 모두 한 곳에 파묻어 두었다. 하지만 세 사람 중의 한 사람이 몰래 그 장소로 되돌아가 땅을 파고 모든 돈을 가져가 버렸다.

다음날, 돈이 없어진 것을 알게 된 그들은 자신들 중에 범인이 있을 것이라는 생각에 서로 옥신각신하였다.

"여기에 돈을 묻었다는 사실을 아는 사람은 우리 세 사람뿐이야."

"맞아. 분명 우리 세 사람 중에 범인이 있을 거야."

"우리, 솔로몬 왕을 찾아가 누가 훔쳐갔는지 판결해 달라고 하는 것이 어떨까?"

"음, 좋은 생각이군. 우리가 여기서 아무리 떠들어 보았자 물증도 없고 지혜도 부족하니 그 편이 낫겠군."

그리하여 그들은 솔로몬 왕을 찾아갔다.

"왕이시여! 우리 세 사람은 각자가 지니고 있던 돈을 몽땅 땅 속에 파묻어 두었는데, 그 다음날 가서 보니 돈이 없어졌습니다. 분명 우리 중에 범인이 있는 것 같은데, 누가 범인인지 밝혀 주십시오."

"그대들은 모두 지혜로워 보이는구나. 재판을 하기에 앞서 우선 내가 당면하고 있는 곤란한 문제를 해결하도록 도움을 주면 그대들의 문제는 내가 해결해 주겠다."

그러면서 솔로몬은 그들에게 다음과 같은 이야기를 들려주었다.

어느 마을에 아름답고 돈도 많은 아가씨가 있었다네. 그녀는 어떤 젊은이와 결혼을 약속한 사이였지. 그런데 얼마 지나지 않아 그 아가씨는 또 다른 남자를 사랑하게 되었어.

한동안 고민하던 그녀는 그래도 사랑을 택해야겠다는 생각에 결혼을 약속한 사람을 찾아가 헤어지자고 말했다네. 위자료를 충분히 주겠다는 제안을 하면서.

하지만 그 젊은이는 위자료는 필요 없다고 하면서

약혼을 취소해 주었네.

그러던 어느 날, 그녀는 돈을 노리고 있던 어떤 사악한 노인에게 납치를 당하게 되었다네. 물론 노인은 엄청난 몸값을 요구했지. 그러자 그 아가씨는 노인에게 이렇게 말했다네.

"전에 약혼자에게 약혼을 취소하자고 요구한 적이 있는데, 그 남자는 위자료도 받지 않고 약혼을 취소해 주었습니다. 당신도 똑같은 일을 나에게 베풀 수는 없습니까?"

아가씨의 말을 듣고 난 그 노인은 몸값을 받지 않고 아가씨를 풀어주었다네.

"자, 내 이야기는 여기까지다. 이들 중에서 누가 가장 칭찬 받을 만한 사람이라고 생각하는지 한 사람씩 대답해 보라."

첫 번째 사나이가 대답했다.

"약혼을 취소해준 젊은이입니다. 그는 위자료도 받지 않았고 굳이 아가씨의 의사를 무시하면서까지 결혼하려 하지 않았습니다."

이어 두 번째 사나이가 대답했다.

"제가 보기엔 아가씨가 가장 칭찬 받을 만하다고 생각합니다. 그녀는 참으로 용감한 여성이군요. 비록 약혼을 했지만, 진정으로 사랑하는 사람을 위해 파혼을 한 것은 칭찬 받을 만한 용기입니다."

세 번째 사나이가 대답했다.

"그 이야기는 도무지 앞뒤가 맞지 않는군요. 돈 때문에 아가씨를 납치한 노인이 돈도 받지 않고 그냥 풀어준다는 것은 말도 안 되는 것입니다."

세 사람의 말을 모두 들은 솔로몬 왕은 세 번째 사나이를 가리키며 이렇게 말했다.

"네가 바로 돈을 훔친 범인이다!"

"무슨 말씀이옵니까?"

"다른 두 사람은 애정이나 아가씨와 약혼자 사이에 존재하는 인간관계 그리고 그들의 긴장된 분위기에 대해 생각하고 있는데, 너는 유독 돈에 대한 생각만 하고 있구나. 틀림없이 네가 범인이다."

가슴으로 생각을 하고

마음이 부리는 마술

먹여 살려야 할 가족들은 많고 가진 것이라고는 아무것도 없어 늘 허덕이던 어느 농부가 랍비를 찾아와 이렇게 한탄하였다.

"선생님, 저희 집은 작고 보잘것없는데 아이들은 많고 아내는 세상의 그 어느 여자보다 악독하답니다. 제 인생이 너무 불쌍해서 제가 다 안쓰러울 정도입니다. 어떻게 해야 좋을까요? 그 소굴에서 벗어날 수만 있다면 무슨 짓이든 하고 싶은 심정입니다."

"음, 힘들겠군. 자네 혹시 염소를 키우는가?"

"예, 몇 마리 키우고 있습니다."

"그렇다면 오늘부터 그 염소를 집안에 들여놓고 키우도록 하게."

"예?"

농부는 랍비의 말이 이해되지 않았지만, 그래도 랍비의 말인지라 그것이 뭔가 삶의 문제를 해결해줄 비책이라도 될까 싶어 얼른 집으로 돌아가 염소를 집안에 들여놓았다.

그런데 염소를 집안으로 들여놓자마자, 상황은 더 악화되고 말았다. 그야말로 가관이었던 것이다. 할 수 없이 농부는 다시 랍비를 찾아갔다.

"선생님, 도저히 견딜 수가 없습니다. 바가지를 긁어대는 마누라에다 염소까지 들여놓으니……."

"그렇군. 자네 혹시 닭을 기르고 있는가?"

"물론입니다."

"그러면 자네가 기르는 닭을 모두 집안에 들여놓게나."

"뭐라고요? 지금도 좁고 복잡해서 환장할 지경인데 여기에 닭까지 집안에 들여놓으라고요?"

"그렇다네."

농부는 '아니다' 싶은 생각이 들면서도 랍비의 말을 따르는 것이 좋을 것 같아 그대로 실천하였다. 그렇지만 그는 결국 또 랍비를 찾아가고 말았다.

"이젠 더 이상 살고 싶지도 않습니다. 아늑하고 평화로워야 할 집이 완전히 전쟁터로 바뀌었습니다."

"많이 괴로운가?"

"귀에 딱지가 앉을 정도로 떠들어대는 마누라에다 염소와 닭까지… 아, 피곤한 인생……."

"오늘은 돌아가서 염소와 닭을 모두 내몰도록 하게.

그리고 내일 다시 나를 찾아오게나."

그 다음날, 농부는 한결 밝아진 표정으로 랍비를 찾아왔다. 눈빛도 초롱초롱하고 걸음걸이도 씩씩하게 랍비의 집을 방문했던 것이다.

"그래, 어떻던가?"

"어제 염소와 닭을 모두 내몰았습니다. 이제 우리 집은 궁전과도 같습니다. 이토록 아늑하고 평화로운 집은 처음입니다."

검은 눈동자로 세상을 바라보는 이유

랍비가 제자들과 함께 대화를 나누고 있었다.

"무슨 생각을 하고 계십니까?"

제자가 묻자, 랍비는 조용히 웃으며 말했다.

"사람의 입은 하나인데 귀는 두 개가 있다. 그 이유를 아느냐?"

"그것은 말을 하는 것보다 듣는 것이 더 중요하기 때문입니다."

랍비는 만족스러운 미소를 지으며 또 다시 물었다.

"사람의 눈은 검은 눈동자와 흰자위로 되어 있다. 그런데 검은 눈동자로 세상을 바라보는 이유는 무엇이냐?"

"그것은 세상을 어두운 면에서 보는 것이 더 낫기 때문입니다. 밝은 면에서 보게 되면 자기 자신에 대해 지나치게 낙관적인 생각을 갖게 됩니다. 때문에 교만해지지 않도록 이를 경계하기 위해서입니다."

▌이론과 실천의 차이

랍비가 맛있는 음식을 마련하여 제자들을 저녁 식사에 초대하였다. 이윽고 그들이 모두 둘러앉자, 랍비가 제자들에게 말했다.

"자, 이제부터 기도문을 외우도록 하거라."

그러자 모두들 열심히 기도문을 외우는데, 한 제자만은 기도문을 몇 줄밖에 외우지 못하고 가만히 앉아 있었다. 뿐만 아니었다. 다른 기도문은 물론이고 지금까지 랍비가 가르친 내용들도 대부분 외우지 못하고 있었다.

"아니, 너는 아직도 그것을 외우지 못했단 말이냐?"

그 제자는 온갖 눈총을 받으며 겨우겨우 식사를 마친 뒤, 잔뜩 풀이 죽어 집으로 돌아갔다.

그 후 얼마 지나지 않아 랍비는 자신이 저녁 식탁에서 꾸짖었던 제자의 근황을 소문으로 듣게 되었다. 그런데, 기도문 하나 제대로 외우지 못한다고 심하게 꾸짖었던 그 제자가 몸을 아끼지 않으며 환자를 돌보며, 가난한 사람들에게 많은 선행을 베풀고 있다는 것이 아닌가.

'아, 부끄럽도다! 입으로만 떠들고 실천을 하지 못한다면 그것은 아무런 의미도 없는 것인데, 내가 공연히 제자의 가슴을 아프게 했구나.'

랍비는 다시 제자들을 불러 이렇게 말했다.

"마음속에 있는 생각은 행동으로 나타나게 되어 있는 것이다. 그러나 몇 만 권의 책을 읽고 공부하여 많은 지식을 쌓았더라도 자신의 마음을 경작하지 않는다면, 지식은 그저 알고 있는 것에 지나지 않는다."

▮ 올가미

어느 마을에 다소 허영심이 있는 사람이 살고 있었다.

그는 자신의 능력을 과신하며 친구에게서 돈을 빌려 일을 시작했는데, 그 일이 여의치 않아 고스란히 빚으로 남게 되었다.

이런저런 핑계를 대며 한동안 친구의 빚 독촉을 피해왔지만, 이제는 한계상황에 다다르고 말았다.

"이봐, 자네를 믿고 빌려주었고, 또 이만큼 기다렸으면 이제는 돌려주어야 하지 않겠나."

"미안하네. 할 말이 없네."

"이젠 그 말 듣는 것도 지겹네. 어찌되었든 내일 아침까지는 반드시 내 돈을 갚도록 하게."

이렇게 친구는 당장 빌려준 돈을 갚으라고 난리를 치는데, 그의 주머니에는 단 한 푼도 들어 있지 않았다. 그제야 사태의 심각성을 깨닫게 된 그는 밤에 잠을 이루지 못하며 침대에서 뒤척였다.

보다 못한 아내가 물었다.

"무슨 일이에요? 뭐가 잘못 되었어요?"

"여보. 빌린 돈을 당장 내일 아침까지 갚으라고 하는데 한 푼도 없으니 어찌하면 좋지?"

"그렇다면 정작 잠을 못 이룰 사람은 바로 그 친구네요."

"뭐라고?"

"그냥 주무세요. 내일 아침까지 갚도록 강제로 약속을 한 건 그쪽이지 당신이 아니잖아요."

실천하는 것 이상의 가르침은 없다

랍비와 그의 제자가 대화를 나누고 있었다.

"선생님, 착한 사람들이 다른 사람들에게 착하게 살도록 권하지 않는 이유는 무엇입니까?"

"그들은 항상 착한 일을 행하고 올바르게 살도록 권하고 있다. 몸소 실천하는 것 이상의 가르침이 어디 있겠느냐."

"하지만 악한 사람이 악한 짓을 하도록 유혹하는 힘은 매우 강합니다. 그리고 그들이 모여 악한 짓을 모의할 때에는 아주 열심히 일을 도모합니다."

"그것은 그리 걱정할 일이 아니다. 착한 일을 행하는 사람은 혼자 일하는 것을 두려워하지 않는다. 하지만 악한 일을 행하는 사람은 혼자 일하는 것을 몹시도 두려워한다."

▌마음속의 도둑

갑자기 급한 일이 생긴 판사가 친구에게 돈을 빌려야 할 상황이 되었다.

"이봐, 곧 갚을 테니까 돈 좀 빌려주게. 생각지도 않던 일이 생겨서 말이야."

"좋아. 자네가 한 가지만 해준다면 돈을 빌려주지."

"그게 뭔데?"

"돈을 빌렸다는 차용증서를 써주고 증인을 세워 서명을 해주게나."

"아니, 이 친구! 나를 믿지 못해서 그러는 거야? 자네도 알다시피 나는 오랫동안 법조계에 몸을 담아온 사람이네. 법에 대해서는 누구보다 잘 알고 있고 또한 지금까지 그것을 연구하며 살아왔다고."

"내가 염려하는 것이 바로 그 점이야. 자네는 법을 잘 알고 있고 또한 법을 연구하며 살아왔기 때문에 자네의 마음속은 온통 법으로만 가득 차 있네. 그래서 빚 같은 것은 쉽게 잊고 말 것일세."

그때그때 달라요

아들과 함께 시장을 보기 위해 집을 나서려던 어머니가 자물쇠로 문을 잠그자, 아들이 물었다.

"나쁜 사람들이 우리 집에 들어올까 봐, 문을 잠그는 것인가요?"

"아니야. 엄마가 문을 잠그는 이유는 정직하고 좋은 사람들을 위해서란다. 문이 열려 있으면 착한 사람들도 유혹을 받을 수밖에 없거든."

▌위선

사람의 발길이 거의 끊긴 거리에 초라한 거지가 웅크리고 앉아 있었다. 약간 싸늘한 바람이 불고 있었으므로 거지는 몸을 새우처럼 구부리고 앉아 허기진 배를 움켜쥐고 있었던 것이다.

그때 마침 두 명의 남자가 그곳을 지나가게 되었다.

"바람이 몹시 차가운데 참으로 안 되었군."

그중의 한 남자가 동전을 꺼내 그에게 던져주었다.

"그런 사람에게 돈을 주다니. 자네는 참 멍청하군."

다른 남자는 동전 한 닢 주지도 않고 옆에 있는 사람이 던져준 동전마저도 아깝다는 듯이 입맛을 다셨다.

그들이 모퉁이를 돌아설 무렵 갑자기 그들 앞에 저승사자가 모습을 드러냈다.

"가엾은 거지에게 동전을 던져준 자는 앞으로 오십년 동안만 나를 두려워하면 된다. 하지만 동전 한 닢던져주지 않은 자는 곧 죽게 될 것이다."

"아니, 동전을 주지 않았다고 곧 죽는단 말입니까?"

"그렇다."

"지금이라도 돌아가서 그 거지에게 동전을 던져주고 오겠습니다. 제발 용서해 주십시오."

"이미 늦었다. 잘 생각해 보거라. 배를 타고 바다로 나갈 때, 배에 구멍이 있는지 없는지 잘 살펴보고 나간 사람과 그렇지 않은 사람이 어찌 똑같은 결과를 얻을 수 있겠느냐."

개미의 가르침

"야호!"

하느님으로부터 날아가는 양탄자를 선물 받은 솔로몬은 뛸 듯이 기뻐하며 당장 그 양탄자에 올라탔다.

"이제부터 어디든 날아갈 수 있겠구나!"

하늘을 나는 양탄자 덕분에 솔로몬은 세계 구석구석을 돌아다닐 수 있었고, 각 나라마다 돌아다니며 진귀한 물건과 맛있는 음식을 즐기는 신선놀음을 할 수 있었다.

"나보다 더 위대한 사람이 있으면 나와 보라고 해."

자만심에 가득 찬 솔로몬은 어깨를 으쓱하며 세상에 자신보다 잘난 사람은 없을 것이라고 생각했다.

그러던 어느 날, 솔로몬은 양탄자를 타고 하늘을 날았다가 여왕개미가 다른 개미들에게 하는 말을 듣게 되었다.

"지금 우리 위에서 양탄자가 날아가고 있으니까 모두들 서둘러 숨도록 해라."

그 말을 듣고 이유가 궁금해진 솔로몬은 양탄자를

타고 아래로 내려와 여왕개미에게 물었다.

"왜 개미들에게 숨으라고 명령한 거지?"

"그것은 당신이 세상에서 가장 위대하다는 자만심에 가득 차 있기 때문이오. 자만심이라고 하는 것은 아주 위험한 것이요."

"하하하, 그것은 네가 아직 나를 모르기 때문에 하는 말이다."

"무슨 말인지……."

"자, 이제부터 내가 얼마나 위대한지 보여주도록 하겠다. 이리 올라 타거라. 너는 너무 작아서 나처럼 높이 날 수는 없을 것이다."

솔로몬은 여왕개미를 양탄자에 태우고 하늘 높이 날아올랐다.

"어때, 멋지지?"

솔로몬이 한껏 으스대자, 갑자기 여왕개미가 날아오르더니 솔로몬의 머리 위를 윙윙 날아다녔다.

"어때요? 제가 더 멋지죠?"

실책

"아, 내가 찾는 현자는 어디에 있는 것일까?"

어떤 마을에 행실이 바르고 모든 것을 열심히 수행하는 착실한 청년이 있었는데, 그는 늘 현자를 만나고 싶어 했다.

"현자를 만나기가 이다지도 힘이 든단 말인가."

그의 간절한 바람에도 불구하고 한 달, 두 달, 그리고 육 개월이 지났어도 현자는 나타나지 않았다. 어느덧 일 년이 훌쩍 지나고 말았다. 여전히 현자를 만나고자 하는 그의 열정은 식지 않았다.

그러던 어느 날, 낡은 옷을 걸친 거지가 찾아왔다.

"하룻밤만 신세를 지게 해주십시오."

"그럴 수 없소."

현자가 나타나기만을 오매불망 기다리고 있던 그는 실망감을 감추지 못하고 거지에게 짜증을 냈다.

"허름한 방이라도 좋으니……."

"여기는 여관이 아니란 말이오."

"그러면 밥이라도 한 술만……."

"식당에 가서 알아보시오."

그는, 기운 없이 애원하는 거지를 매몰차게 내쫓아 버렸다.

"나 참, 기다리는 사람은 안 오고 거지만 찾아올 게 뭐람!"

"여보게, 그렇게 야박하게 굴 필요는 없지 않나?"

"모르는 소리 마세요. 저런 사람 거두다가는 한도 끝도 없게 돼요."

"혹시 그 사람이 자네가 지금까지 애타게 기다리던 현자일지도 모르잖나?"

"……?"

▌질투

"우리 마누라는, 내가 지나가는 여자만 바라보아도 바가지를 긁는다네."

"그 정도는 아무것도 아니야. 우리 마누라는 내가 하루 종일 뭐하고 지내는지 일일이 체크한다니까."

"여자들은 왜 그렇게 질투심이 강한 것일까?"

"글쎄?"

"어쨌든 정말로 피곤해."

몇 명의 남자들이 여자의 질투심에 대해 이러쿵저러쿵 이야기하고 있었다. 그러다가 그중의 한 명이 고개를 갸우뚱하며 이렇게 중얼거렸다.

"참으로 알 수가 없단 말이야."

"뭘?"

"이봐, 최초의 여성인 이브도 아담에게 질투를 느꼈을까?"

"그것 참, 재미있는 질문이로군."

그러면서 그들은 각자 자신의 의견을 쏟아놓았고 한동안 서로 옥신각신하며 여러 가지 이야기들이 오고갔다.

그리고 그들이 내린 결론은 이랬다.

"당연히 이브도 아담에게 질투를 느꼈을 것이다. 사랑에는 반드시 질투가 따르기 마련이니까. 질투하지 않는 여자는 여자가 아니다. 이브는 아담이 밖에 나갔다 돌아오면 그의 갈빗대가 제대로 남아 있는지 하나하나 세어보았을 것이다."

▌ 마음이 가난한 사람

어느 날, 랍비의 집에 두 사람이 찾아왔다.

한 사람은 그 마을에서 가장 큰 부자이고 다른 한 사람은 반대로 매우 가난한 사람이었다.

그들 두 사람은 대기실에서 기다리게 되었는데, 얼마 지나지 않아 먼저 와 있던 부자가 랍비를 만나러 그의 방으로 들어갔다.

고민이 많아서인지, 아니면 상담할 내용이 많은 것인지, 부자는 거의 한 시간이 다 되어서야 랍비의 방에서 나왔다.

그의 표정은 가벼워 보이지 않았고, 가난한 사람을 힐끗 한 번 쳐다보더니 그대로 나가버렸다.

그 다음으로 가난한 사람이 랍비의 방으로 들어섰다.

그런데 웬일인지 그와의 면담은 단 오 분 만에 끝나고 말았다.

"이제 그만 돌아가시지요."

랍비가 이렇게 말하자, 가난한 사람은 발끈 화를

내며 말했다.

"아니, 먼저 상담을 했던 부자는 거의 한 시간이 다 되어서야 이 방을 나갔습니다. 그런데 저는 어째서 단 오 분 만에 상담을 끝낸단 말입니까? 어떻게 이토록 불공평할 수가 있죠?"

"아, 진정하시오. 그 사람에게는 들려줄 말이 더 많았기 때문이오."

"그렇다면 저에게는 들려줄 말이 없다는 말인가요?"

"언짢았다면 용서하구려. 당신은 이미 자신의 가난함을 알고 있었지만, 그 부자는 자신의 마음이 가난하다는 것을 알지 못하고 있었습니다. 그래서 그것을 깨우치는데 한 시간이나 걸린 것입니다."

▌수다

어떤 마을에 말하기를 좋아하는 남자가 있었다.

어찌나 말하기를 좋아하는지 상대방에게 말할 기회를 조금도 주지 않았다. 어쩌다 상대방이 말을 하려고 하면 그 말마저 뚝 잘라버리고 혼자서만 열심히 떠들어댔던 것이다.

그러던 어느 날, 그가 이웃에 사는 친구를 찾아가 말했다.

"어제 보니까, 저 뒷집에 사는 사람이 자네를 욕하던데?"

"뭐라고! 그럴 리가 없네."

"진짜라니까. 내가 이 두 귀로 똑똑히 들었는걸!"

"미안하네만, 자네의 말은 믿을 수가 없네. 그런 일은 일어날 수 없을 테니까."

"그게 무슨 소리인가?"

"생각해 보게. 누구든 자네와 대화를 하는 사람은 한 마디도 하지 못하고 따발총처럼 쏘아대는 자네의 이야기만 듣기에도 바쁠 텐데 어떻게 다른 사람을 욕

할 수 있었겠느냐 말일세."

　"…?……."

▌강한 열두 가지

세상에는 열두 개의 '강한 것'이 존재한다.

먼저 돌이 있다. 그러나 돌은 쇠로 깨뜨릴 수 있다.

쇠는 불에 녹고 불은 물로 끌 수 있다.

물은 증발하여 구름으로 변하고, 구름은 바람에 이리저리 흩날린다. 하지만 바람은 인간을 날려버리지는 못한다.

인간은 공포로 인해 무너지고, 공포는 술을 마시면 사라져 버린다.

술은 잠을 자고 나면 깰 수 있지만 잠은 죽음만큼 강하지 않다. 그러나 그런 죽음일지라도 사랑만큼은 갈라놓지 못한다.

돌 → 쇠 → 불 → 물 → 구름 → 바람 → 인간 → 공포 → 술 → 잠 → 죽음 → 사랑

겉과 속

실제 행동은 그다지 좋은 편이 아니면서 주일마다 예배당에는 꼬박꼬박 다니는 자신처럼 경건한 신자는 없을 것이라고 생각하는 남자가 있었다.

"나처럼 예배당에 잘 다니는 사람도 없을 거야. 나야말로 진정한 신자 중의 신자이지."

그러나 그의 나쁜 행실은 인근에서 모르는 사람이 없었다. 어느 날, 목사가 그를 불렀다.

"이보게. 품행을 좀 더 바르게 할 수는 없겠나. 사람들의 원성이 자자하더구먼."

"무슨 말씀이십니까? 저는 주일마다 예배당에 꼬박꼬박 나가고 있는 착실한 신자 중의 신자란 말입니다."

"그것은 잘 알고 있네. 하지만 동물원에 매일 간다고 해서 사람이 동물이 될 수 있는 것은 아니지 않은가? 마찬가지로 자네가 아무리 예배당에 열심히 다닐지라도 기본적인 행실이 바르지 않는 한, 신자 중의 신자라고 할 수는 없네."

159

■ 물질적인 부와 정신적인 부

학자 두 명이 이곳저곳을 여행하고 있었다.

워낙 오랫동안 여행을 했던 터라 그들의 옷은 낡을 대로 낡아서 행색이 아주 초라해 보였다.

그러던 어느 날, 날이 어두워지자 그들은 하룻밤 머물 곳이 필요해 어느 부잣집을 찾아가 정중히 문을 두드렸다.

"뉘시오?"

"네. 지나가던 나그네인데 하룻밤만 재워주십시오."

주인은 문을 열더니 두 사람의 행색이 남루한 것을 보고는 냉정하게 말했다.

"당신 같은 사람들을 재워줄 방은 없소."

주인이 쾅 하고 거친 문소리를 내며 들어가 버리자, 난감해진 두 사람은 마을을 수소문하여 평소에 자선을 많이 한다는 사람의 집을 찾아가 거기에서 하루를 머물게 되었다.

그렇게 이곳저곳을 돌아다니며 학문을 닦은 두 사람은 일 년이 지난 후, 아주 유명한 학자가 되었다.

여전히 여행을 즐겼던 두 학자는 우연치 않게 전에 냉정하게 문전박대를 했던 부자가 살고 있던 마을을 들르게 되었다.

두 사람은 그 부자를 다시 만나게 되었는데, 그들이 타고 있던 훌륭한 말을 본 부자가 자청해서 그들을 재워주겠다고 나섰다.

"오늘은 저희 집에서 편히 쉴 수 있도록 모시겠습니다."

"그러실 필요 없습니다."

"아니, 왜요? 우리 집은 이 마을에서 가장 훌륭한 곳이랍니다. 제가 이 마을을 대표하여 당신들을 우리 집에 편히 모시려고 하는 것입니다."

"말씀은 고맙지만… 정 그러시다면 이 말들이나 재워주시지요."

"말들만 재워달라니? 당신들은 왜 나의 제안을 거절하는 거죠?"

"사실 저희들은 일 년 전에도 이 마을을 찾아온 적이 있습니다. 그때는 이름도 나지 않았고 행색도 초라했습니다. 날이 너무 어두워 하룻밤 머물 곳이 필요해서 당신 집의 문을 두드렸지만 문전박대를 당한 일이 있습니다. 하지만 지금은 우리가 훌륭한 옷에다

좋은 말을 타고 있어서 호의를 베푸시는 게 아닌가
요? 그러니 옷을 벗어드릴 수는 없고 말들만 하룻밤
잘 지낼 수 있게 해주십시오."

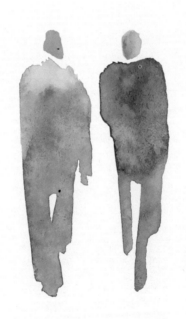

마음이 시키는 대로 하고

▌위대한 말의 마지막 의미

랍비 히렐이 대승정이 되었을 때의 일이다.

어느 날, 로마인이 히렐을 찾아와 이렇게 물었다.

"내가 한 다리로 서서 견딜 수 있을 만큼의 시간 동안 유대의 학문을 모두 말해 보시오."

그러자 조용히 상대방을 쳐다보던 히렐이 말했다.

"네 자신이 싫어하는 것을 네 이웃에게 행하지 말라."

어떤 사람들이 히렐을 화나게 할 수 있는가 없는가의 문제를 놓고 내기를 걸었다. 드디어 안식일이 되었다.

히렐을 시험하기로 결정한 사람들은 안식일을 준비하기 위해 금요일 낮에 히렐이 목욕하고 있을 즈음 그를 찾아가 문을 두드렸다.

누군가 문 두드리는 소리에 히렐은 서둘러 젖은 몸을 대충 닦고 옷을 걸친 다음에 문을 열었다.

"사람의 머리는 어째서 둥근 거죠?"

이런 질문을 받게 되면 대부분의 사람은 어이없어 하는 표정을 짓게 마련이다. 그런데 히렐은 느닷없이 엉뚱한 질문을 퍼부은 사람을 상대로 끈기 있게 설명을 해주었다. 그런 다음, 그가 돌아가자 다시 목욕탕에 들어갔다. 하지만 그 사람은 곧바로 되돌아와서 이렇게 물었다.

"흑인은 어째서 피부가 검은 거죠?"

이번에도 히렐은 흑인의 피부가 어째서 검은지를 차근차근 설명해 주고 나서 다시 목욕탕으로 들어갔다. 잠시 후, 또 다시 노크 소리가 들려왔다. 이런 일은 연거푸 다섯 번이나 되풀이되었다.

그러나 히렐은 그때마다 부드럽게 답변해 주었다. 결국 질문을 해대던 사람이 먼저 지쳐 히렐에게 화풀이를 해댔다.

"당신 같은 사람은 차라리 없는 편이 낫다구. 나는 당신 때문에 내기에서 엄청난 돈을 잃었소."

그의 푸념 섞인 말을 듣고 있던 히렐이 말했다.

"내가 인내력을 잃는 것보다 차라리 당신이 돈을 잃는 것이 낫지 않겠습니까?"

어느 날, 히렐이 급히 걸어가는 것을 보고 제자들

이 뒤쫓아 오며 물었다.

"스승님, 어딜 그리 급히 가십니까?"

"좋은 일을 하기 위해 서둘러 가고 있는 중이다."

그 말이 무엇을 의미하는 것인지 몹시 궁금했던 제자들은 히렐의 뒤를 따라갔다. 그런데 히렐이 그렇게 서둘러 들어간 곳은 바로 공중목욕탕이었다.

"아니, 스승님! 이것이 그렇게 좋은 일입니까?"

"인간이 자신을 청결히 하는 것은 대단히 좋은 일이다. 로마인들은 많은 동상을 깨끗이 씻어내고 있지만, 사실 동상보다는 자기 자신을 깨끗이 씻는 편이 훨씬 더 좋은 일이다."

그밖에도 히렐은 우리에게 여러 가지 위대한 말을 남겨놓았다.

"지식을 쌓지 않는 것은 지식을 감소시키고 있는 것과 같다."

"자신의 지위를 과시하려 애쓰는 사람은 자신의 인격에 먹칠을 하고 있는 것이다."

"상대방의 입장이 돼보지 않고는 다른 사람을 함부로 판단하지 말라."

"배우고자 하는 사람은 부끄러움을 느껴서는 안 된

다."

"인내심이 없는 사람은 다른 사람을 가르치는 스승이 될 수 없다."

"당신 주위에 훌륭한 사람이 없다면, 당신 스스로가 훌륭한 사람이 되어라."

"자신을 위해 스스로가 일하지 않는다면, 아무도 당신을 위해 일해주지 않는다."

"지금 그 일을 하지 않는다면 도대체 언제 할 것인가."

"인생에 있어 최상의 목적은 평화를 사랑하고 추구하며 그 평화를 얻는 것에 있다."

"자신의 일만 생각하고 주위를 돌아보지 않는 사람은 자기 자신마저도 될 자격이 없다."

▌학교는 준비된 미래

대승정 요하난은 유대 민족이 최대의 정신적 위기에 처했을 때, 기지를 발휘하여 유대인의 전통과 예지를 이어가도록 하였다.

로마가 유대의 성전을 완전히 파괴하고 유대인을 멸망시키려 할 때, 요하난은 한 가지 좋은 생각을 하게 되었다. 당시 유대인은 예루살렘 성벽 안에 갇혀 살수밖에 없었는데, 그곳을 빠져나와 로마군 사령관과 협상을 벌이려 했던 것이다.

"내가 몹시 아프다고 소문을 내거라."

"예! 무슨 말씀이십니까?"

"내가 이곳을 나가서 꼭 해야만 하는 일이 있어. 그 방법밖에 달리 뾰족한 수가 없구나."

비록 꾀병이었으나 요하난이 자리에 눕자, 대승정의 병세가 심각하여 곧 죽을지도 모른다는 소문이 바람을 타고 곳곳으로 퍼져나갔다.

"이제 나의 죽음을 알려라."

때가 되었음을 감지한 요하난은 제자들에게 관을

준비하여 자신을 그 안에 넣도록 지시하였다. 그리고 관에 들어간 그는 성벽 밖으로 나가게 되었다. 이것을 본, 성벽을 수비하는 수비병들은 대승정의 죽음을 믿지 않았다.

"어디 한번 관 속에 있는 시신을 칼로 찔러보자."

"시신을 찌르는 법이 어디 있소?"

"유대 민족은 시신을 직접 눈으로 보는 일이 금지되어 있으니 관에 칼을 꽂아 확인을 해보는 수밖에."

말을 마치기가 무섭게 로마의 병사들은 실제로 관 위에 칼을 꽂으려 달려들었다.

"더 이상 대승정을 모독하지 마시오."

제자들은 필사적으로 항의를 했다. 그 덕분에 대승정의 관은 로마군의 군영으로 향할 수 있었다. 그러나 전선을 지나갈 때 또 다시 장애물을 만났다.

"칼을 꽂아 확인을 해보아야겠다."

"그대들은 로마의 황제가 죽었을 때에도 관을 칼로 찌를 것인가? 더구나 우리는 그대들에게 해를 입힐 만한 아무런 무기도 지니고 있지 않단 말이오."

제자들의 말을 들은 로마군은 뒤로 물러섰고 요하난의 제자들은 전선의 후방으로 이동하는데 성공을 하였다.

마침내 관에서 나온 요하난은 사령관을 만나고 싶다고 요청하였다.

"뭐라고? 대승정이 나를 찾아왔단 말이냐? 흠… 들여보내라."

사령관을 만난 대승정 요하난은 그의 눈을 똑바로 쳐다보며 말했다.

"황제에 대한 예로써 당신에게 경의를 보냅니다."

"황제라니? 지금 내 앞에서 로마 제국의 황제를 모독하는 것이오."

"내 말을 믿으십시오. 당신은 다음에 반드시 로마의 황제가 될 것입니다."

"그 얘기는 이 정도에서 그만둡시다. 그래, 이런 일을 벌이면서까지 나를 찾아온 용건이 무엇이오?"

"한 가지 청이 있습니다."

"말해 보시오."

"작은 방이라도 좋습니다. 열 명 가량의 랍비가 들어갈 만한 학교를 만들어주십시오. 그리고 다른 모든 것이 파괴될지라도 그것만은 파괴하지 말아 주십시오."

요하난은 언젠가 로마 군대가 예루살렘을 점령하고 대학살을 감행할 것임을 알고 있었던 것이다. 하지만 그는 학교만 있으면 유대의 전통은 살아남으리라 예상하였다.

"좋소. 그 청을 들어드리리다."

유대인의 대승정이 목숨을 걸고 예루살렘을 빠져나와 겨우 요구한다는 것이 그 정도인가 싶어 사령관은 흔쾌히 허락을 했다.

그 후 얼마 지나지 않아 로마의 황제가 죽고 사령관이 황제로 등극하게 되었다. 곧바로 예루살렘에 대학살과 파괴를 시작하게 되었는데, 그때 황제는 학교만은 남겨두라는 명을 내렸다.

그 당시 작은 학교에 남아 있던 학자들에 의해 유대의 지식, 전통, 신앙이 지켜져 오늘에 이르게 되었던 것이다.

▌물과 같은 학문

 탈무드에 나오는 인물 가운데 가장 높은 존경을 받고 있는 사람은 당연 아키바이다.

 젊은 시절, 그는 어느 부잣집 양치기로 일하면서 그 집 딸과 사랑에 빠져버렸다. 서로를 너무도 사랑했던 두 사람은 부잣집 주인의 완강한 반대를 무릅쓰고 결혼을 하게 되었다. 그 일로 부잣집 딸은 집에서 내쫓기는 신세가 되고 말았다.

 아키바의 아내는 남편의 집이 너무 가난하여 아무것도 배운 것이 없음을 알게 되자 이런 간청을 하였다.

 "먹고사는 것은 제가 어떻게 해볼 테니, 이제라도 학교에 다녀 열심히 공부를 하세요."

 "고맙소. 내 열심히 노력하리다."

 그리하여 아키바는 어린이들과 함께 학교에 다녔다. 그렇게 십삼 년 동안 공부를 열심히 한 후, 당대에 우수한 학자로서 명성을 날리게 되었다.

 그는 최초의 『탈무드』 편집자로 의학, 천문학에도

조예가 깊었다. 외국어에도 능숙하여 유대인 사절로 여러 차례 외국에 파견되기도 하였다.

서기 132년에 로마의 지배로부터 벗어나려는 유대인의 민족주의 항쟁이 일어났는데, 로마군은 이들을 진압한 후에 학문을 하는 유대인은 누구든 사형에 처한다고 공포하였다.

이때 아키바는 다음과 같은 이야기를 들려주었다.

어느 날, 여우가 한가롭게 시냇가를 거닐고 있다가 물고기들이 다급하게 헤엄쳐 가는 것을 보게 되었다.

"왜 그렇게 다급하게 헤엄쳐 가는 거지?"

"우리를 잡으러 오는 그물이 무서워서 그래요."

"그러면 이리로 올라오렴. 이 뭍으로 올라오면 내가 너희들을 지켜줄 수 있는데……."

"여우님은 머리가 매우 좋다고 들었는데, 사실은 그게 아니로군요. 왜 그렇게 바보 같은 말을 하는 거죠?"

"뭐라고?"

"우리가 늘 살아왔던 물 속에서도 이렇게 무서워하고 있는데, 뭍으로 올라가면 어떤 해를 입을지 진정 모르고 하는 말입니까?"

이것은 곧 '유대인에게 있어 학문은 물과 같기 때문에 학문을 떠나면 죽을 것이니 무슨 일이 있어도 배워야 한다'는 것을 의미하는 말이다.

결국 그는 로마군에게 체포되어 사형을 당하게 되었는데, 로마군은 그를 십자가에 매달아 죽이는 것은 너무 쉽게 죽이는 일이라 생각하여 불에 달군 인두로 온몸을 태워 죽이기로 하였다.

드디어 그가 형을 받는 날, 때마침 아침 기도 시간이 되자 그는 죽음을 앞에 두고도 기도를 하기 시작했다. 새빨갛게 달군 인두가 몸에 닿아도 그는 기도를 멈추지 않았다. 이를 본 로마의 사령관이 깜짝 놀라 물었다.

"그대는 심한 고통을 당하고 죽음을 코앞에 두고도 어떻게 기도를 하고 있을 수 있는가?"

"죽음 앞에서도 기도를 할 수 있는 나 자신을 통해 진정으로 신을 사랑하고 있음을 확인할 수 있게 되어 참으로 기쁘오."

아키바는 그렇게 세상을 떠나갔다.

▌ 선의의 거짓말

거짓말을 해도 용서받을 수 있는 경우는 없을까?

탈무드에서는 두 가지 경우에 거짓말을 해도 상관 없다고 말한다.

첫째, 누군가가 이미 구입한 물건에 대해 의견을 물어오면 설령 그것이 나쁜 물건이고 유용하지 않더라도 훌륭하다는 거짓말을 하는 것은 그리 나쁜 일이 아니다.

둘째, 친구가 결혼을 했을 때에는 반드시 부인이 대단히 미인이고 행복하게 잘 살라는 말을 하는 게 좋다.

다시 말해 명백한 선의의 거짓말은 용인 받을 수 있게 된다.

▌ 축복을 해주어야 할 때

사람들은 배가 출항을 할 때에는 성대하게 전송을 한다. 반면에 돌아오는 배는 그다지 환영하지 않는다.

이것은 대단히 어리석은 습관이다.

출항을 하는 배의 미래는 그 누구도 알 수가 없다. 폭풍을 만나 배가 가라앉을지도 모르는 일이기 때문이다. 그럼에도 불구하고 왜 그토록 성대하게 전송을 하는 것일까?

긴 항해를 마치고 무사히 돌아오는 배야말로 커다란 기쁨으로 맞이해야 한다. 그 배는 이미 임무를 완수하고 돌아오는 것이기 때문이다.

인생도 마찬가지다.

아이가 태어나면 모두들 축복을 하지만, '태어남'은 배가 출항을 하는 것과 같다. 아이 앞에 어떤 인생이 펼쳐지게 될지 그 누구도 알 수가 없다. 반대로 사람이 죽는 것은 긴 항해를 마치고 돌아오는 배와 같다. 그때야말로 진실로 모든 사람들이 축복을 해주어야 한다.

▮ 거룩한 것

어느 랍비가 제자들을 향해 물었다.

"거룩한 것이 무엇인가?"

랍비의 질문에 잠시 말이 없던 제자들이 앞다투어 자신의 의견을 내놓았다.

"하느님을 위해 목숨을 버리는 일입니다."

"항상 기도를 하는 것입니다."

"안식일을 잘 지키는 것입니다."

제자들의 여러 가지 대답을 들은 랍비는 지그시 눈을 감더니 이렇게 말했다.

"그 해답은 '무엇을 먹을 것인가'와 '어떻게 야다(성교)를 행하는가'에 있다."

랍비의 말을 들은 제자들 사이에는 잠시 소란이 일었다. 그리고 그중의 한 제자가 물었다.

"무슨 음식을 먹는다던가, 어떤 때에 성생활을 한다던가 하는 것이 어찌하여 거룩한 일이 됩니까?"

"그대들이 하느님을 위해 목숨을 버렸는지, 안식일을 잘 지키고 있는지, 그리고 항상 기도를 올리는지는 누구나 알 수 있는 일이다. 하지만 그대들이 집에서 무엇을 먹고, 어떤 성생활을 하고 있는지는 다른 사람들로서는 알 수가 없는 일이다. 그러므로 집에서 식사를 하고 있을 때와 성생활을 하고 있을 때, 사람은 동물도 될 수 있고 천사도 될 수 있다. 이때 자기 자신을 천사에 가깝도록 이끌 수 있는 사람이 진정으로 거룩한 것이다."

▋ 착한 사람

사람이 세상을 살아가는 데에는 필요한 것, 네 가지가 있다. 그것은 바로 금, 은, 철, 동이다.

그리고 이런 것들은 얼마든지 그 대용품을 찾을 수 있다. 하지만 그 무엇과도 바꿀 수 없고 그 무엇으로도 대신할 수 없기에 반드시 필요한 것은 바로 '착한 사람'이다.

탈무드에서는 '착한 사람'을 커다란 야자나무나 레바논의 삼나무에 비유한다. 커다란 야자나무는 나뭇잎이 무성하고 삼나무는 늠름하게 하늘 높이 솟아 있기 때문이다.

특히 야자나무는 한 번 베어버리면 다시 성장하기까지 사 년이라는 긴 시간이 필요하다. 또 삼나무는 매우 늠름하고 웅장하여 멀리서도 그 모습을 볼 수 있을 정도이다.

▍ 한 사람인가, 두 사람인가

"한 아이가 두 개의 머리를 갖고 태어났다면 한 사람으로 보아야 하는가, 아니면 두 사람으로 보아야 하는가?"

사람들에게 이러한 질문을 던지면 보통 두 가지의 대답이 나온다.

"두 개의 머리가 있더라도 몸통이 하나라면 한 사람이다."

"머리가 두 개이기에 두 사람으로 쳐야 한다."

당신은 어떻게 생각하는가?

탈무드에서의 답은 간단명료하다.

"한쪽 머리에 뜨거운 물을 떨어뜨렸을 때, 다른 머리도 같이 비명을 지르면 한 사람이고, 다른 머리가 아무렇지도 않다는 듯한 표정을 짓고 있으면 두 사람이다."

▋ 사용료

"이봐, 내가 자네에게 사용료를 받지 않고 물레방아를 빌려줄 테니 그 대신 내 곡식을 모두 빻아주게."

"여부가 있겠나? 그렇게 하지."

이렇게 두 사람은 금전거래를 하지 않고 물레방아를 빌려주는 대신 곡식을 빻아주는 조건으로 몇 년 동안 좋은 관계를 유지하고 있었다.

그러던 어느 해, 물레방아를 빌려주던 사람이 많은 돈을 벌어 새로운 물레방아를 또 하나 구입하게 되었다. 그리고 그는 물레방아를 빌려간 사람을 찾아갔다.

"이보게. 내가 새로운 물레방아를 구입했기 때문에 더는 자네가 우리의 곡식을 빻아줄 필요가 없게 되었네."

"그래?"

"그러니 이제는 물레방아에 대한 사용료를 지불해야 하지 않겠나?"

"하지만 애초에 나는 곡식을 빻아주는 조건으로 물레방아를 빌린 것이지 사용료를 내겠다는 조건으로

빌린 것은 아닐세."

"그야 그렇지만 이제 상황이 달라지지 않았나."

이렇게 하여 이들의 입씨름은 끝날 줄 몰랐다.

이 경우, 당신이라면 어떤 판결을 내리겠는가?

탈무드에서는 이렇게 판결을 내리고 있다.

"물레방아를 빌려간 사람이 곡식을 빻아주는 것으로 사용료를 대신할 수밖에 없는 상황이라면 계속 곡식을 빻아주어야 한다. 하지만 그가 다른 사람의 곡식을 빻아 사용료를 지불할 능력이 있다면 곡식을 빻아주는 것이 아니라 사용료를 내야 한다."

▌남자와 여자

탈무드에 보면 '모든 교사는 결혼을 해야만 하며 모든 랍비는 결혼한 사람이어야 한다'는 말이 나온다. 이것은 '결혼하지 않은 자는 진정한 인간이 아니다'라는 생각에서 나온 것이다.

탈무드에서는 '성'을 '생명의 강'이라고 표현한다.

강은, 때로는 홍수가 되어 모든 것을 휩쓸어버리기도 하지만, 때로는 나무 열매를 맺게 하고 사람들이 살아가는데 꼭 필요한 물을 제공하기도 한다.

남자의 성적인 흥분은 보는 것을 통해 일어나고, 여자는 피부 감각에 의해 성적으로 흥분한다. 따라서 탈무드는 남자에게 '여자와 접촉이 생길 때에는 주의하라'고 가르치고, 여자에게는 '옷을 입을 때 주의하라'고 가르친다.

▌누워서 침 뱉기

"영차, 영차! 후, 굉장히 무겁군."

어떤 남자가 낑낑대며 열심히 돌을 나르고 있었다.

그는 자기 집에 있는 돌을 일일이 파내어 길에 내다버리고 있었던 것이다. 지나가던 노인이 그 모습을 보고 물었다.

"아니, 젊은이! 왜 그렇게 돌을 나르고 있는 거요?"

"그냥……."

사실 젊은이는 그 질문에 할 말이 없었다.

심심해서 돌을 나르는 것도 아니고 그렇다고 집에 돌이 있으면 거치적거리니까 길가에 치우는 것이라고 할 수도 없었던 것이다.

그 후 이십 년의 세월이 지난 뒤에 그 남자는 자기 집을 팔고 다른 곳으로 이사를 가게 되었다. 그런데 그가 막 이삿짐을 꾸리고 그곳을 떠나기 위해 길가로 나서는 순간, 예전에 자신이 버렸던 돌에 걸려 넘어지고 말았다.

▌사형판결을 내릴 때

유대 민족이 사형판결을 내릴 경우, 판사들이 만장일치로 사형을 결정하게 되면 그 판결은 무효가 되어 버린다. 그 이유는 재판은 언제나 공정해야 하는데 한 가지의 견해만 있는 것은 공정하지 못한 것이라고 생각하기 때문이다.

특히, 사형이라는 것은 신중하고 공정한 의견을 통해 이루어져야 하는데 만장일치는 불공정한 것이므로 만장일치의 사형판결은 무효가 되는 것이다.

▌두 가지 의견

한 랍비가 두 사람에게서 돈을 빌렸는데, 그것을 갚는 과정에서 곤란한 문제가 발생하고 말았다.

랍비는 두 사람 중의 한 사람에게 일천 원을 빌렸고, 다른 한 사람에게 일천 원씩 두 번, 이천 원을 빌렸었다. 하지만 그 두 사람은 모두 이천 원을 갚으라고 했던 것이다.

문제는 랍비가 누구에게 더 많이 빌렸는지 기억하지 못했던 것이다. 이럴 경우, 랍비는 어떻게 해야 할까?

탈무드에는 두 가지의 의견이 있다.

첫 번째 의견은, 누가 이천 원을 주었는지 알 수 없으나, 그들 각자에게서 일천 원씩 빌린 것은 틀림없는 사실이므로 일단 일천 원씩을 돌려주고 일천 원은 확실한 증거가 나올 때까지 재판소에 맡겨둔다는 것이다.

두 번째 의견은, 이 보다 더 강경하다.

둘 중의 하나는 도둑이므로 만약 일천 원씩 돌려주

게 된다면 도둑은 잃은 것이 없게 되므로 사회정의에 어긋난다는 것이다. 도둑이나 악인이 벌을 받지 않고 오히려 이득을 보게 된다면 사회정의가 바로 설 수 없는 까닭이다.

따라서 두 사람에게 일천 원씩 돌려줄 필요도 없고 모두 법정에서 보관해야 한다는 것이다.

그러나 이 의견에 문제가 아주 없는 것은 아니다.

만약 도둑이 집에 돌아가 곰곰이 생각해 본 뒤에 일천 원이라도 받아야겠다는 생각에서 번복하여 자신이 일천 원을 빌려준 사람이라고 말하고 일천 원을 받아 갈 수도 있는 일이기 때문이다.

탈무드에서 이러한 논쟁을 벌이고 있는 이유는, 우리가 살아가는 이 세상이 서로 양면적인 요소가 있다는 것을 설명하기 위한 의도에서다.

▌형제의 우애

"형, 어머니는 분명히 사이좋게 나눠 가지라고 하셨어."

"무슨 소리! 나는 이 집안의 장남이니까 당연히 내가 더 많이 가져야만 해. 내가 집안의 기둥이잖아."

"유언장에 우애 있게 나눠 가지라고 되어 있는데 왜 그래."

"우애 있게 나눈다는 것이 꼭 반으로 나누는 것은 아니잖아."

형제는, 어머니의 유언장을 놓고 서로 자신에게 유리한 쪽으로 해석하며 티격태격하였다.

사실 이들은 어려서부터 독일, 러시아, 시베리아, 만주 등지에서 전쟁을 겪으며 어려움을 함께 나누며 살았기 때문에 남달리 우애가 깊은 편이었다.

그러나 그런 우애도 어머니가 남긴 유산 앞에서는 한갓 무용지물에 지나지 않았던 것이다. 형제는 서로 헐뜯고 싸우는 것은 물론, 급기야는 서로 말도 하지 않았고 마주 앉아 있는 것조차 싫어했다.

그러던 어느 날, 두 형제는 각기 다른 시간에 어느 유명한 랍비를 찾아갔다.

형이 랍비에게 말했다.

"유산 문제로 동생을 잃게 된 것이 몹시 마음 아픕니다."

동생도 찾아간 랍비에게 이렇게 말했다.

"사실 형하고 싸울 생각은 없었습니다."

각기 다른 시간에 그들 형제를 만난 랍비는 이들의 우애를 되찾아줄 방법을 연구하였다.

"그렇지!"

랍비는, 그들 형제를 자신이 강사로 초빙 받은 어떤 모임에 초대를 하였다. 형제는 자신들이 함께 랍비의 이야기를 듣게 되리라고는 생각조차 못하고 같은 장소에 모습을 드러내게 되었다.

초대해준 사람의 체면도 있고 또한 여러 사람들이 자신들을 알아보는 터에 형제는 선뜻 그 자리를 뜨지 못했다.

드디어 랍비의 이야기가 시작되었다.

이스라엘의 어느 마을에 아주 우애가 깊은 두 형제가 살고 있었습니다. 형은 결혼하여 아내와 아이들이 있었으나, 아우는 아직 결혼을 하지 않은 상태였지요. 그들은 모두 부지런한 농부였는데, 부친은 죽으면서 그들에게 재산을 골고루 나눠주었습니다.

그 해 가을, 그들은 수확한 여러 가지 곡식들을 정확히 반으로 나눠 창고에 넣어두었지요. 하루 일을 마치고 집에 돌아온 동생은 이렇게 생각했습니다.

'형님은 형수와 아이들이 있으니 나보다 먹고 살기가 더 힘드실 거야. 아무래도 내 몫을 덜어서 보태드려야겠어.'

그래서 동생은 한밤의 어둠을 뚫고 자신의 곡식에서 상당한 양을 형님의 창고로 옮겨 놓았지요.

바로 그 시간, 형님도 아우 생각을 하고 있었답니다.

'나는 아이들이 있으니 늙어도 그 애들이 나를 보살펴줄 것이지만, 아우는 그렇지 못하니 늙을 때를 대비해서 단단히 준비를 해두어야 한다구. 내 몫에서 덜어내 보태줘야겠어.'

형 역시 자신의 창고에서 상당한 양을 덜어 동생의 창고로 옮겨놓았지요.

그 다음날, 자신의 창고로 가본 형제는 곡식이 조금도 줄지 않은 것을 보고 이상하다는 생각을 했습니

다. 그리고 그 다음 날도 또한 그 다음 날도 같은 일
이 반복되었지요.

그러다가 나흘째 되던 날, 형제는 서로 곡식을 옮
겨 놓다가 도중에 마주치게 되었고 서로가 상대방을
얼마나 위하는지 알게 되었습니다. 그 순간 형제는
옮기던 곡식을 그 자리에 내려놓고 얼싸안으며 눈물
을 흘렸습니다.

그 형제가 얼싸안았던 장소는 지금도 예루살렘에서
가장 고귀한 곳으로 알려져 있습니다.

그러면서 랍비는 가족의 우애가 얼마나 중요한 것
인지 계속 들려주었다. 그 후 서로 반목하던 형제들
은 자신들의 잘못을 깨닫고 옛날의 우애를 다시 되찾
게 되었던 것이다.

▌ 정직

탈무드에서는 소를 팔 때, 가죽과 털에 색칠하는 것을 금하고 있다. 물론 다른 물건도 속이기 위해 색칠하는 것을 금하고 있다.

또한 과일 장수가 신선한 과일을 오래된 과일 위에 얹어 파는 것도 해서는 안 되는 일이다.

탈무드에서는 건물의 안전규칙까지도 자세하게 말하고 있는데, 심지어 차양의 길이, 발코니 기둥의 굵기까지도 규정해 놓고 있다.

노동에 관해서도 그 지방의 일반상식을 넘는 정도는 안 되며, 과수원에서 과일을 따는 인부들을 고용했을 경우, 그들이 과일 먹는 것을 금해서는 안 된다는 내용도 들어 있다.

▌ 주인을 구한 개

옛날 어느 농부의 집안에 충실한 개 한 마리가 있었다.

그 개는, 농부의 가족들과 오랫동안 함께 생활해온 터라 가족처럼 지내게 되었다. 농부의 아이들은 개와 함께 자고 먹고 형제처럼 지냈다.

그러던 어느 날, 농부의 가족이 모두들 밖으로 나간 사이 큰일이 벌어지고 말았다.

이스라엘의 농촌에는 유난히 뱀이 많았는데, 그날 따라 집 안으로 슬금슬금 기어 들어온 뱀이 가족들이 함께 먹는 우유 통 속으로 쏙 들어가는 것이 아닌가.

게다가 그 뱀은 불행하게도 독뱀이었다.

독뱀이 우유 속으로 들어갔으니 뱀의 독이 우유 속에 녹아드는 것은 자명한 일이었다. 물론 그 사실은 오로지 그것을 본 개만이 알고 있었다.

드디어 와자지껄하며 가족들이 돌아오자, 개는 전에 없이 허둥거렸다. 특히나 가족들의 먹을거리를 담당하는 농부의 아내를 졸졸 따라다녔다. 그러다가 농

199

부의 아내가 우유 통을 꺼내려 하자, 사납게 짖어대기 시작했다.

"아니, 이 녀석이 갑자기 왜 이래. 저리 비켜!"

"컹컹!"

"배가 고파서 그러니? 기다려라. 너에게도 먹을 것을 주마."

그래도 개는 여전히 농부의 아내 곁을 떠나지 않고 우유 통을 들고 식탁으로 다가서는 그녀를 졸졸 따라갔다. 농부의 아내가 컵에 우유를 따를 때는 느닷없이 달려들어 발로 엎어트리고는 그 우유를 자신이 핥아먹었다. 그러나 몇 번 핥아먹지도 못하고 그 자리에 쓰러져 버렸다.

"아니!"

깜짝 놀란 가족들이 모여들었다.

그들은 그제야 우유에 무슨 문제가 있다는 것을 깨달았다. 농부는 우유 통을 들어서 통에 들어 있는 우유를 모두 다른 곳에 쏟아보았다. 그런데 이게 어찌된 일인가. 그 안에 뱀이 있는 것이 아닌가.

"우리를 구하려고 대신 죽었구나!"

가족들은 몹시 슬퍼하며 그 개를 양지바른 곳에 묻어주었다.

▌ 위기에서 벗어난 부부

결혼 생활 십 년째인 어느 부부가 아주 행복하게 살고 있었다. 그런데 이상하게도 그들에게는 아이가 생기지 않았다. 물론 아이가 없다고 해서 부부금실에 이상이 있는 것은 아니었지만, 집안의 어른들은 이를 매우 심각하게 받아들이고 있었다.

사실 유대의 전통에서는 결혼하고 십 년이 지나도 아이가 없으면 이혼할 권리가 주어졌다. 그러나 이 부부는 서로를 사랑했기 때문에 이혼하고 싶은 마음은 추호도 없었다.

부부의 마음과는 상관없이 집안의 반대는 갈수록 강해졌다. 견디다 못한 부부는 어쩔 수 없이 랍비를 찾아가 그 문제를 의논할 수밖에 없었다.

"우리는 전혀 헤어지고 싶은 마음이 없습니다."

"그렇지만 제가 아이를 낳지 못해 어른들의 압력이 너무 심해서 제가 떠날 수밖에 없을 것 같아요."

"그래도 아내를 보내야만 한다면… 아내가 어떠한 굴욕감도 느끼지 않고 떠나가게 하고 싶습니다."

한동안 생각에 잠겨 있던 랍비가 이렇게 말했다.

"우선 당신의 아내를 위해 성대한 파티를 여십시오. 그리고 그 자리에서 십 년 동안 함께 살아온 당신의 아내가 얼마나 훌륭했는지 여러 사람 앞에서 자랑하십시오."

"아주 좋은 생각입니다. 저는 정말로 아내와 헤어지기 싫습니다. 그래서 그 사실을 사람들에게 반드시 밝혀두고 싶었죠. 또한 아내를 위해 뭔가 선물을 주고 싶습니다."

"무엇을 줄 생각입니까?"

"그녀가 오래도록 소중하게 간직할 수 있는 것을 주고 싶습니다."

그 말을 들은 랍비는 남편에게 이렇게 제안하였다.

"파티가 끝난 다음 당신의 아내에게 '내가 갖고 있는 것 중에서 당신이 갖고 싶은 것을 하나만 골라 보시오. 그것이 무엇이든 그것을 당신에게 주겠소'라고 말하십시오."

"잘 알겠습니다."

남편은 랍비에게 대답을 한 후, 자리에서 일어섰다. 하지만 아내는 뭔가 미련이 남았는지 선뜻 일어서지 못하고 머뭇거리고 있었다.

"어서 가지."

남편은 이미 밖으로 나가고 있었다. 랍비는 얼른 아내에게 다가가 이렇게 귀띔을 해주었다.

"남편이 갖고 싶은 것을 주겠다고 했을 때, 당신은 남편을 달라고 하십시오."

랍비의 말에 아내의 우울했던 표정이 활짝 펴지는가 싶더니 이내 자리에서 일어나 성큼성큼 돌아갔다.

그 다음날, 그들 부부의 집에서는 랍비의 말대로 성대한 파티가 벌어졌다. 남편은, 그 자리에 모인 사람들이 자신에게 감탄할 정도로 아내의 훌륭한 점을 늘어놓았으며 마지막으로 이렇게 물었다.

"내가 가지고 있는 것 중에서 당신이 갖고 싶은 것을 하나만 골라 보시오. 그것이 무엇이든 그것을 당신에게 주겠소."

"제가 이 세상에서 가장 갖고 싶은 것은 바로 당신이에요."

그리하여 이혼은 취소가 되었다. 많은 사람 앞에서 공개적으로 며느리의 훌륭함을 인정하게 된 집안의 어른들도 어쩔 수 없이 한 발 물러설 수밖에 없었다. 위기를 극복한 부부는 그 후로 아이 둘을 낳고 잘 살았다고 한다.

▌당나귀와 다이아몬드

어느 랍비가 나무를 하여 내다 파는 것으로 생계를 이어가고 있었다. 그는 늘 나뭇짐을 지고 산에서 내려와 시내에 내다 팔았는데, 오고 가는 시간이 많이 걸렸으므로 공부할 시간이 턱없이 부족하였다.

'오고 가는 시간을 줄이고 공부하는 시간을 늘려야겠는데, 뭔가 좋은 방법이 없을까?'

곰곰이 궁리하던 그는 결국 당나귀 한 마리를 구입하기로 하였다.

"당나귀 사시오! 튼튼한 당나귀요!"

마침, 당나귀를 판다는 아랍 상인의 목소리에 귀가 번쩍 뜨인 랍비는 그에게 다가가 튼튼하게 생긴 당나귀 한 마리를 구입하게 되었다.

"드디어 당나귀를 사셨군요!"

제자들은 마치 자신들이 당나귀를 사기라도 한 것처럼 매우 기뻐하며 당나귀를 씻기기 위해 시냇가로 데려갔다. 제자들은 당나귀의 몸 구석구석을 열심히 닦아주기 시작했다. 그런데 갑자기 당나귀의 귓속에

서 다이아몬드가 툭 떨어졌다.

"아니, 스승님! 이것 좀 보십시오. 다이아몬드입니다. 이제는 생계를 위해 나뭇짐을 내다 팔지 않아도 되겠네요. 덕분에 학문에 정진할 시간과 저희들을 가르칠 시간이 많아질 것 같습니다."

제자들이 기뻐 어쩔 줄 몰라 하자, 랍비가 근엄한 표정을 지으며 말했다.

"그 다이아몬드를 아랍 상인에게 돌려주러 가야겠구나."

"이미 스승님이 구입하신 당나귀에게서 나온 게 아닙니까?"

"나는 당나귀를 샀지, 다이아몬드를 산 게 아니다. 그러니 내가 산 것만 갖는 것이 정당한 일이다."

그리하여 그들은 다이아몬드를 들고 아랍 상인을 찾아갔다.

"당나귀의 귀에서 다이아몬드가 나왔소. 나는 이것을 산 적이 없으니 이것은 당신의 것이오."

"당신은 이미 당나귀를 샀고 그 다이아몬드는 당나귀의 몸에 있던 것이니 그것은 당신의 것입니다. 왜 돌려주려고 하십니까?"

그러자 랍비가 말했다.

"유대의 전통에서는 자신이 구입한 물건 이외의 다른 것을 가져서는 안 됩니다. 그러니 이것은 당신이 가져야 합니다."

"참으로 훌륭한 전통이군요."

아랍 상인은 입에 침이 마르도록 그를 칭찬하였다.

▌ 내 맘대로 할 자유

회사로부터 부당한 대우를 받고 있다고 생각한 어떤 남자가 자신의 권리를 찾겠다는 생각으로 사장을 찾아갔다.

"저는 지금까지 회사로부터 부당한 대우를 받아왔습니다. 열심히 일을 했는데도 그 대가는 보잘것없는 수준이었죠. 이제 퇴직을 하려 하니 퇴직금을 지불해 주십시오."

"무슨 말을 하는 거요. 당신이 그 동안 태만하게 일을 해서 회사에 끼친 손해가 얼마나 되는지 알고 있소? 그렇지 않아도 해고를 하려던 참인데, 퇴직금이라니? 당치도 않은 말은 집어치우시오."

사장으로부터 일언지하에 퇴직금을 거절당한 그 남자는 회사 금고에서 돈과 기밀서류를 빼내 외국으로 도망치고 말았다. 물론 회사에서는 그를 찾기 위해 백방으로 노력했으나, 도무지 어디로 갔는지 찾을 길이 없었다.

그로부터 한 달 후, 도망친 남자는 외국의 어느 도

시를 걷고 있다가 그를 잘 아는 사람의 눈에 띄게 되었다. 그는, 남자의 뒤를 밟아 살고 있는 곳을 알아냈고, 그가 다녔던 회사에 곧바로 연락을 취하였다.

보고를 받게 된 그 회사의 사장은 유명한 랍비에게 그를 설득해줄 것을 부탁하였다.

"비행기표를 구해 놓았습니다. 그를 만나 잘 이야기해 주십시오."

사장의 부탁을 받은 랍비는 남자를 찾아가게 되었고, 랍비를 본 남자는 당황을 했다. 남자가 돈뿐만 아니라 회사의 기밀서류까지도 빼내왔기 때문이었다.

"유대인은 서로 가족이며 형제지간입니다. 그러니 일을 평화롭게 해결하는 것이 좋겠습니다."

"저는 제 마음대로 할 것입니다. 사람은 누구나 자유의사대로 살아갈 권리가 있습니다."

"물론 당신의 말이 옳을 수도 있습니다. 하지만 여러 사람이 함께 어울려 살면서 자기 멋대로 행동한다는 것은 용납되기 어려운 일입니다. 제가 이야기 하나를 들려드리지요."

많은 사람들이 배를 타고 항해를 하고 있었습니다. 그들은 각자 자유롭게 편한 자리를 찾아 앉거나 서서 항해를 즐기고 있었지요. 그런데 어떤 사나이가 자신이 앉아 있던 자리에 구멍을 뚫고 있었습니다.

물론 사람들의 항의가 빗발쳤죠.

"아니, 배에 구멍을 뚫으면 어떡합니까?"

"누굴 죽일 작정이오!"

"이봐요. 정신 나갔소?"

하지만 그 사나이는 험상궂은 표정으로 이렇게 말했답니다.

"내 자리를 내 마음대로 하는데, 당신이 무슨 상관이야!"

얼마 지나지 않아 배에 물이 들어오기 시작했고 결국 많은 사람들이 죽게 되었습니다.

랍비의 말을 들은 남자는 고개를 푹 숙였다.

"회사 기밀을 빼내오는 것은 당신의 자유이지만, 그로 인해 피해를 입을 사람을 생각해 본다면 결코 옳은 일이라고는 할 수 없습니다."

"당신의 결정에 따르겠습니다."

그 남자는 자신이 가져왔던 돈과 기밀서류를 랍비에게 넘겨주었다. 물론 랍비는 그것을 사장에게 넘겨주었다. 그리고 여러 가지의 설득으로 비록 그 남자가 요구한 만큼은 아니어도 어느 정도 퇴직금을 지불받는 것으로 합의하기에 이르렀다.

▌ 아무리 사소한 것일지라도

여름이 다가오자, 경치가 아름다운 마을에 사는 어떤 남자가 가족과 함께 즐기기 위해 보트를 하나 구입하였다. 그는, 보트에 가족들을 태우고 호수를 한 바퀴 돌며 아름다운 경치를 감상하거나 아니면 낚싯대를 드리우고 물고기를 잡곤 하였다.

보트와 더불어 즐거운 여름을 보낸 그는 날씨가 서늘해지자 보트를 잘 보관해두기 위해 육지로 끌어 올렸다. 그런데 호수에 띄워 놓았을 때는 몰랐는데, 육지로 끌어 올리고 보니 보트에 작은 구멍이 나 있는 것이 보였다.

'에이, 작은 구멍인데 뭘. 내년에 다시 꺼내 쓸 때 고치면 되겠지.'

어쨌든 겨울에는 그 보트를 사용하지 않기 때문에 그는 가볍게 생각하고 그것을 그냥 창고에 넣어두었다.

어느덧 봄이 다가왔다.

그는 보트의 색을 다시 칠해야겠다는 생각에 사람을 불러 페인트칠을 해달라고 부탁하였다. 하지만 그는 구멍 난 것을 수리해야 한다는 것은 까맣게 잊고 있었다.

　어느 따뜻한 봄날, 아이들이 그를 졸랐다.
　"아빠, 날씨도 따뜻한데 호숫가에서 보트를 타게 해주세요."
　"좀 이르지 않겠니?"
　"아니에요. 이 정도면 충분히 보트를 탈 수 있어요."
　아이들이 하도 성화를 하는 바람에 하는 수 없이 그는 말끔하게 색이 칠해진 보트를 꺼내 주었다. 아이들은 좋아라, 하고 뛰어나갔고 그는 다른 볼일에 매달려 있었다.
　그런데 아이들이 보트를 갖고 나간 뒤, 두 시간 정도가 흐른 후에 그는 갑자기 보트에 구멍이 뚫려 있었다는 사실을 떠올리게 되었다.
　"아뿔싸! 이 일을 어쩐다. 우리 아이들은 아직 수영을 제대로 하지 못하는데……."
　그는 아이들이 위험에 빠져 있을지도 모른다는 생각에 서둘러 호숫가로 달려갔다. 그가 혼비백산 되어 호숫가에 달려가 보니 아이들이 보트놀이를 끝마치고 보트를 육지로 끌어 올리고 있는 것이 아닌가.

"너희들, 정말 괜찮은 거니?"

그는 눈앞에 멀쩡하게 서 있는 아이들을 보면서도 믿을 수 없다는 듯이 물었다.

"무슨 일이세요?"

오히려 아이들이 이상하다는 듯이 물었다.

그는 대답 대신 아이들을 와락 끌어안은 후에 안도의 한숨을 내쉬었고 곧바로 보트를 살펴보았다. 그런데 보트의 구멍은 이미 누군가가 견고하게 막아놓은 상태였다.

'아, 페인트를 칠해준 사람이 보트의 구멍을 막아주었구나.'

너무도 고마웠던 그는 선물을 사들고 페인트를 칠해준 사람을 찾아갔다.

"페인트를 칠한 값은 이미 받았는데, 왜 이런 선물을 주시는 겁니까?"

"배에 작은 구멍이 뚫려 있었는데, 당신이 그것을 막아주셨더군요. 배를 쓰기 전에 그 구멍을 막아놓을 생각이었는데, 제가 그것을 깜박 잊고 있었습니다. 그런데 당신은 제가 부탁하지도 않았는데, 이미 그 구멍을 막아주셨더군요. 잠깐 동안 당신이 시간을 내어 그 구멍을 막아주셨지만, 그 덕택에 우리 아이들이 목숨을 구할 수 있었습니다. 정말 감사합니다."

"아, 그랬군요. 하지만 저는 할 일을 했을 뿐입니다."

아무리 작은 일일지라도 그것이 다른 사람에게는 커다란 도움이 될 수 있다. 하지만 보통 사람이 이러한 사실을 깨닫는 것은 쉬운 일이 아니다.

▌사람의 목숨은 누구나 귀하다

어떤 사람이 중병에 걸렸다.

그 병에는 어떤 특별한 약을 써야만 회복이 가능했다. 하지만 그 특별한 약은 구하기가 몹시 어려웠기 때문에 일반인으로서는 도저히 손을 쓸 수가 없었다.

그러자 그의 가족은 유명한 랍비를 찾아가서는 부탁을 했다.

"당신은 아는 사람이 많지 않습니까? 유명한 의사와 훌륭한 사람들을 많이 알고 있으니 부디 약을 구해주십시오. 목숨이 경각에 달려 있습니다. 제발 도와주세요."

부탁을 받은 랍비는 백방으로 수소문을 하여 그 약을 구해달라고 간청을 하였다. 그러던 어느 날, 잘 아는 의사에게서 연락이 왔다.

"약을 구했습니다. 하지만 그 약을 당신의 친구에게 준다면 다른 사람이 목숨을 잃게 됩니다. 그래도 당신은 이 약을 달라고 나에게 부탁하겠습니까?"

"그렇군. 조금만 생각할 시간을 주게."

내가 살기 위해 다른 사람을 죽여야 한다면 당신은 어떻게 하겠는가? 만약 다른 사람을 죽이지 않으면 자신이 죽게 될 경우 당신은 어떻게 하겠는가?

자기 목숨을 살리기 위해 다른 사람을 죽여서는 안 된다. 사람의 목숨은 똑같이 귀한 것이다. 어떤 인간의 피도 다른 인간의 피보다 더 붉다고 할 수는 없다.

결국 랍비는 그 약을 부탁하지 않기로 결정하고 의사에게 말했다.

"자네의 뜻대로 하게나."

의사는 다른 사람을 위해 그 약을 사용하였고, 랍비에게 약을 부탁한 사람은 죽고 말았다. 랍비는 탈무드의 가르침에 따라 친구의 죽음을 그저 지켜볼 수밖에 없었던 것이다.

▌ 해결을 위해서는

어느 부부가 서로 말다툼을 하다가 결론을 내리지 못하고 랍비를 찾아갔다. 부부간의 문제를 해결하고자 할 때는 두 사람을 나란히 동석시켜 이야기를 시키면 싸움만 더 부추기는 결과를 초래하게 된다. 그러므로 한 사람씩 따로 만나 이야기를 해야 한다.

실제로 한 사람씩 따로따로 이야기를 시키면 서로를 끔찍하게 위하고 있다는 사실을 알게 된다.

또한 인내심을 가지고 그들의 이야기를 잘 경청하는 것만으로도 의외로 쉽게 문제를 해결하는 경우도 있다.

이것을 잘 알고 있던 랍비는 우선 남편의 이야기를 들어주었다.

"당신 말이 옳소."

그런 다음 랍비는 아내의 말을 들었다.

"당신 말이 옳소."

두 사람이 나간 뒤에 랍비가 그 자리에 함께 있던 제자에게 물었다.

"자네 같으면 이 문제를 어떻게 처리하겠는가?"

그러자 제자는 이상하다는 듯한 표정을 지으며 되물었다.

"저는 전혀 납득할 수가 없습니다. 스승님은 남편의 이야기를 들었을 때에도 그 말이 옳다고 하셨고, 아내의 이야기를 듣고 나서도 아내의 말이 옳다고 말씀하셨습니다. 그들 두 사람은 각각 다른 주장을 하고 있는데 모두 옳다고 하시면 어찌되는 것입니까? 어째서 두 사람의 주장이 모두 옳다고 말씀하신 것입니까?"

제자의 말을 들은 랍비는 빙그레 웃으며 말했다.

"자네 말도 옳아."

사람들이 다양한 문제를 들고 찾아왔을 때, 그 자리에서 당장 옳고 그름을 판결해서는 안 된다. 오히려 마찰을 부채질하는 결과만 얻을 뿐이다.

무엇보다 중요한 것은 자신의 의견을 주장하는 사람들의 흥분을 가라앉히는 일에 있다.

사람은 누구나 일단 자신의 의견을 인정받게 되면 흥분을 가라앉히게 마련이다. 그러면 냉정을 되찾은 순간을 이용해 해결책을 모색하면 되는 것이다.

▋진실 게임

사람의 마음은 참으로 오묘해서 마음속에 들어 있는 진실과 거짓을 구별해내기란 여간 어려운 일이 아니다.

탈무드에서는 이 두 가지를 가려내는 방법을 제시해주고 있다.

오늘날까지도 '지혜'하면 떠오르는 사람이 바로 솔로몬 왕이다.

어느 날, 두 여인이 한 아이를 데리고 와서 서로 자기의 아이라고 주장하였다.

"이 아이는 분명 제 아이입니다."

"아닙니다. 저 여자가 거짓말을 하고 있는 것입니다. 이 아이는 제 아이입니다."

그들은 서로 아이가 자신의 아이라며 울부짖었기 때문에 솔로몬 왕은 몹시 난처한 입장에 놓이고 말았다.

"여봐라, 아이와 두 여인 사이에 어떤 닮은 점이 있

는지 조사해 보아라."

아이의 친어머니를 찾기 위해 여러 가지로 조사를
해보았으나, 어느 쪽이 아이의 친어머니인지 도무지
알 수가 없었다.

'할 수 없군.'

본래 유대인의 관습에 따르면 소유물이 누구의 것
인지 명확치 않을 때에는 공평하게 서로 나눠 갖게
되어 있다.

"아이를 반으로 갈라 공평하게 나눠 갖도록 하여
라!"

솔로몬 왕의 추상같은 명령이 떨어지자, 정말로
군사들이 달려들어 아이를 반으로 나눌 기세였다.
그러자 둘 중의 한 여인이 솔로몬 왕 앞에 뛰어나와
미친 듯이 외쳤다.

"아이를 반으로 나누려면 차라리 아이를 저 여인에
게 주십시오. 제발 아이를 칼로 자르지 마세요."

그 모습을 본 솔로몬 왕은 이렇게 말했다.

"그대가 바로 친어머니요. 아이를 데려가시오."

그리고 친어머니도 아니면서 아이를 빼앗으려 했던
여인을 감옥에 가두도록 명하였다.

▌진짜 아들

어느 부부에게 두 명의 아들이 있었다.

그들 가족은 매우 행복한 나날을 보내고 있었는데, 어느 날 남편은 매우 충격적인 이야기를 듣고 말았다. 일이 일찍 끝나 서둘러 귀가했던 남편이 우연히 아내가 다른 사람과 주고받는 대화 내용을 듣게 되었던 것이다.

"사실 두 아이 중의 하나는 남편의 아이가 아니에요."

"그랬군요."

"하지만 차마 다른 남자의 아이라는 말을 할 수가 없어서……."

"이제까지 잘 살아왔는데, 별일이야 있겠어요. 비밀이 탄로 나면 서로 마음만 아프니까 그냥 숨기고 살아요."

'이럴 수가!'

남편은 기가 막혔지만, 두 아이 중에서 도대체 누가 자신의 아이인지 구분할 수가 없었다. 그 문제로 가슴앓이를 하던 남편은 결국 중병에 걸리고 말았다.

'이제 나의 생은 얼마 남지 않았다. 죽기 전에 유서를 써서 나의 진짜 핏줄에게 유산을 남겨 주어야겠어.'

죽음을 예감한 남편은 자신의 피를 이어받은 아들에게 전 재산을 남겨주겠다고 유서를 썼다.

얼마 지나지 않아 그가 죽었다.

유서는 랍비의 손에 넘어갔고 랍비는 부친의 피를 이어받은 친자를 가려내지 않으면 안 되었다. 한동안 고민을 하던 랍비는 두 아이를 불러들였다.

"아버지께서 자신의 무덤을 막대기로 치는 아들에게 유산을 물려준다고 말씀하셨다. 그러니 막대기로 힘껏 아버지의 무덤을 치거라."

그러자 한 아들은 있는 힘을 다해 아버지의 무덤을 막대기로 쳤지만, 다른 아들은 무릎을 꿇고 울면서 그럴 수 없다고 버텼다.

"어떻게 아버님의 무덤을 모욕할 수가 있겠습니까!"

그를 바라보던 랍비는 부드러운 목소리로 말했다.

"네가 바로 진짜 아들이구나."

▌ 살아난 것보다 큰 상은 없다

숲 속을 호령하며 제왕의 위엄을 자랑하던 사자가 갑자기 고통스럽게 울부짖었다. 목에 큰 가시가 박혀 좀처럼 빠지지 않았기 때문이다.

"어흥, 누구든 나의 목에서 가시를 빼주는 동물에게는 커다란 상을 내리겠다."

그러자 동물들이 제각각 한 마디씩 해댔다.

"어휴, 아무리 커다란 상을 준다지만 어떻게 사자의 목에 들어갔다 나오느냐 말이야."

"그러게. 그러다 큰일 날지도 모르지."

"그래도 커다란 상을 준다는데……. 그리고 아픈 사자가 어떻게 큰일을 벌이겠어."

동물들의 입방아를 듣고 있던 황새가 말했다.

"내가 한번 가봐야겠다. 이 커다란 부리로 살짝 빼주면 되지 뭐. 그러면 큰상은 내 차지가 되는 거야."

그리하여 황새는 사자에게로 날아갔다.

"사자님, 제가 목에 걸린 가시를 빼드릴 테니 입을 크게 벌리고 계셔요."

"오냐. 이렇게 벌리면 되겠느냐."

사자는 입을 크게 벌렸고 황새는 머리를 사자의 입 안에 들이밀고는 긴 주둥이를 이용하여 가시를 빼냈다.

"음, 바로 이 가시가 사자님의 목을 아프게 했군요."

황새는 약간 거들먹거리며 사자에게 가시를 보여 주었다.

"그래. 이제는 시원하구나."

"사자님! 저에게 어떤 상을 주시겠습니까?"

황새는 잔뜩 기대를 하며 사자의 눈치를 살폈다. 하지만 황새의 말투가 귀에 거슬린 사자는 벌컥 화를 내며 말했다.

"내 입안에 머리를 들여 넣고도 살아서 나왔다는 것이 바로 상이다. 그렇게 위험한 일을 당하고도 살아서 돌아갔다는 사실 하나만으로도 커다란 자랑으로 여겨라. 그보다 더 큰상은 아마 없을 것이다."

▌ 늘 함께 하는 축복의 말

어느 랍비가, 중상을 입고 과다출혈로 위독한 상태에 놓인 환자와 같은 병실을 쓰고 있었다. 그 환자는 의식불명 상태로 누워 있었고 병실은 뭔지 모를 고약한 냄새로 가득하였다. 그 속에서 의사는 중환자의 목숨을 살리기 위해 무진 애를 쓰고 있었다.

그때 그 환자는 워낙 많은 피를 흘려서 대량의 수혈이 이루어지고 있었다. 수혈이 중단되면 그야말로 당장 죽을 수밖에 없는 상태였던 것이다. 의사는 거의 절망적인 표정을 지었다.

한동안 그 환자를 들여다보던 의사가 랍비를 돌아보며 물었다.

"무슨 생각을 하고 계십니까?"

"사실 지금까지는 생生과 사死를 두고 거창한 것이라고 생각해왔습니다. 하지만 이제 보니 가느다란 혈관에서 붉은 피를 흘려보내는 것에 의해 사람의 생명이 좌우될 수 있음을 알게 되었답니다."

"매우 위태로운 상태입니다."

결국 그 환자의 수혈은 멈춰졌고, 그는 죽고 말았다. 많이 지쳐 있던 의사는 마치 구원이라도 청하는 듯한 눈빛으로 랍비를 바라보았다.

  "유대인은 왕을 만날 때나 식사를 할 때, 그리고 떠오르는 태양을 볼 때, 그 밖의 어떤 상황에서도 축복의 말을 합니다. 심지어 화장실에 갈 때에도 축복의 말을 하지요."

  "그러면 당신은 화장실에 갈 때 뭐라고 축복을 합니까?"

  "몸은, 뼈와 살 그리고 여러 가지 요소로 이루어져 있습니다. 그리고 몸은 그 안에서 닫혀 있어야 할 것은 닫혀 있어야 하고 열려 있어야 할 것은 열려 있어야 합니다. 이것이 반대로 되면 곤란한 일이 벌어지지요. 그래서 화장실에 갈 때에는 '닫혀 있어야 할 것은 닫아주시고 열려 있어야 할 것은 열어주십시오'라고 말합니다."

  그러자 의사는 허탈한 미소를 지으며 말했다.

  "꼭 해부학에 정통하고 있는 사람이 드리는 기도와 같군요."

▌ 절반의 성공

사람들로부터 많은 존경을 받고 행동이 고결하며 친절하고 자애심이 깊은 랍비가 있었다. 그는 심성이 자상하고 신앙심이 돈독한 사람으로 행여 개미 한 마리라도 밟을까 염려하여 신중하게 생활하던 사람이었다. 물론 제자들로부터도 많은 사랑을 받고 있었다.

그런데 그가 팔십 세가 지난 어느 날, 갑자기 건강이 나빠지기 시작했다. 물론 그것은 본인이 가장 먼저 깨달았고 얼마 지나지 않아 주변의 사람들도 랍비의 건강이 심상치 않다는 것을 눈치채게 되었다.

그러던 어느 날, 제자들이 그의 주변에 빙 둘러앉자 랍비가 눈물을 보이고 말았다.

"아니, 스승님! 어인 눈물이십니까?"

"……"

"스승님은 한시라도 공부를 잊은 적이 없습니다. 가르침을 게을리한 적도 없습니다. 자선을 베풀지 않은 날이 하루라도 있었습니까? 물론 없었습니다. 스승님은 이 나라에서 가장 존경을 받고 있는 사람입니다.

신앙심도 깊으시고 정치와 같은 세속적인 일에는 한 번도 발을 담근 적이 없습니다. 스승님은 눈물을 보일 만한 일은 한 번도 하신 적이 없습니다. 그런데 어찌 하여 눈물을 보이시는 것입니까?"

그러자 랍비가 대답했다.

"바로 그렇기 때문에 눈물을 흘리는 것이야. 마지막 순간에 당신은 공부를 했는가, 자선을 베풀었는가, 늘 기도하고 행실을 바르게 가졌는가, 라고 물으면 모두 그렇다고 대답할 수 있다. 그러나 다른 사람들과 어울려 함께 생활했는가, 라고 묻는다면 아니라고 대답할 수밖에 없으니 어찌 눈물이 나오지 않겠느냐."

비록 자신을 위한 일에는 성공했을지라도 그것이 사람들과 함께 어울려 살아가는 동안 이뤄낸 것이 아니라면 절반의 성공일 수밖에 없다. 사람들과의 어울림 속에서 이뤄낸 성공이야말로 무엇보다 값진 것이 된다.

▌아낌없이 베풀면

예루살렘 근처의 어느 시골에 커다란 농장이 있었
다.

그 농장의 주인은 마음이 따뜻한 사람으로 해마다
그의 집을 방문하는 랍비들에게 아낌없이 자선을 베
풀었다.

어느 해, 폭풍으로 인해 과수원이 모조리 파괴되고
전염병까지 번져서 그가 키우던 양을 비롯해 온갖 가
축이 모두 죽고 말았다.

그러자 그 소식을 들은 채권자들이 몰려와 그의 재
산을 모조리 차압해 버렸고 그에게는 아주 작은 땅밖
에 남지 않게 되었다. 그래도 그는 아무렇지도 않은
듯이 태연했다.

'하늘이 주셨던 것을 다시 거둬 가신 것뿐이야.'

그런데 그가 망했다는 것을 알리 없던 랍비들이 그
해에도 그를 찾아왔다.

"참으로 안 되었군요."

랍비들은 그를 위로하였고 그 해에는 자선을 받지

않고 그냥 돌아가려 하였다. 그러자 농장 주인의 아내가 남편에게 말했다.

"우리는 지금까지 랍비들이 학교를 세우고 예배당을 유지하거나 가난한 사람과 노인들을 돌보는 일을 위해 기부금을 내놓았어요. 물론 지금은 우리가 그 정도의 기부금을 낼 형편은 아니지만, 그래도 랍비들을 빈손으로 보낸다는 것은 부끄러운 일이에요."

"당신 말이 맞소. 어찌하면 좋을까?"

"우리에게 남은 땅이 비록 작기는 하지만, 그 절반을 떼어 파는 것이 어때요?"

"좋소."

부부는 작은 땅의 절반을 팔아 랍비들에게 기부금을 내고 나머지 땅을 더욱 더 열심히 일궈나가기로 하였다.

"아니, 이게 웬 기부금입니까?"

농장 주인으로부터 기부금을 받은 랍비들은 깜짝 놀라고 말았다.

"조그마한 정성입니다. 받아주십시오."

"정말 고맙습니다. 좋은 일에 쓰도록 하겠습니다."

그렇게 랍비들은 떠났고, 그들 부부는 나머지 땅에 열심히 농사를 지었다.

그러던 어느 날, 그들의 유일한 동반자였던 소가 땅을 갈다가 그만 발을 헛디뎌 쓰러지고 말았다.

"크게 다치지나 않았으면 좋겠는데……."

농장 주인은 걱정스런 표정으로 소에게 뛰어가서는 아내를 돌아보며 말했다.

"여보! 이리 와 봐."

아내는 남편이 기겁을 하는 소리에 놀라 얼른 남편에게 달려갔다.

"그게 뭐예요?"

"보물 상자!"

"뭐라고요!"

"소가 넘어진 발 밑에서 이게 나왔구려. 아마도 하늘이 우리를 도와주시는 것 같군."

그들은 보물을 내다 팔았고 그 돈으로 전에 잃었던 농장을 모두 되찾을 수 있었다.

그 이듬해 랍비들이 다시 찾아왔다. 랍비들은 농장 주인이 아직도 작은 땅에서 농사를 짓고 있을 것이라 생각하여 그곳으로 찾아갔다. 하지만 그는 그곳에 없었다.

"저, 이곳에 살던 사람들이 어디로 갔나요?"

랍비들이 이웃사람에게 물어보자, 그들은 빙그레

웃으며 그가 새로 이사한 곳을 알려주었다.

"그는 이제 여기에 살고 있지 않습니다. 저 쪽의 큰 집에서 살고 있지요."

랍비들이 그곳을 찾아가자, 농장 주인은 크게 기뻐하며 자신에게 일 년 동안 무슨 일이 일어났는지 자세히 들려주었다. 그리고 마지막으로 이런 말을 남겼다.

"아낌없이 베풀면 그것은 반드시 되돌아오는 법이지요."

▌ 소유가 곤란한 물건

두 사람이 각각 다른 문을 통해 극장 안으로 들어섰다.

극장 안에는 가운데에 두 개의 빈 좌석이 있었는데, 그곳에 앉으려고 하던 두 사람은 동시에 소유권이 불분명한 물건을 발견하게 되었다.

"이것은 내가 먼저 발견하게 된 것이니 내 것이오."

"무슨 소리요, 내가 먼저 주웠으니 내 것이오."

두 사람이 그 물건이 서로 자기 것이라며 옥신각신 다투었다.

이럴 경우에는 어떻게 하는 것이 좋을까?

탈무드에서는 먼저 물건을 만진 사람이 소유한다고 되어 있다. 보았다는 것은 아무도 입증할 수 없지만, 물건을 만졌다는 것은 입증하기 쉬운 까닭이다. 이것이 바로 탈무드의 원칙이다.

▌ 살아 있는 바다와 죽은 바다

이스라엘의 요단강 근처에는 두 개의 커다란 호수가 있다.

하나는 '사해死海'이고, 다른 하나는 '갈릴리 해海'이다.

'사해'는 물이 밖에서는 들어오지만, 절대로 나가는 법이 없다. 그래서 죽어 있는 바다라 부른다.

'갈릴리 해'는 물이 한편에서 들어오고 다른 한편으로 빠져 나간다. 살아 있는 바다라고 불리는 이유가 여기에 있다.

남에게 베풀지 않는 것은 사해와 같다.

돈이 들어오기만 하고 나가지는 않기 때문이다.

남에게 베푸는 것은 갈릴리 해와 같다.

돈이 마치 살아 있는 바다처럼 들어오고 또 나가기 때문이다.

지혜로 마음을 다스리고

▌'진실'이라는 말

아이들에게 히브리어의 알파벳을 가르칠 때에는 반드시 그 하나하나의 알파벳에 의미를 부여한다.

특히 '진실'이라는 말은 히브리어 알파벳의 첫 글자와 끝 글자의 중간 글자를 쓴다. 그 이유는, 진실이란 왼쪽 것도 옳고 오른쪽 것도 옳으며 그리고 그중간 것도 옳다는 사실을 가르치기 위해서다.

■ 평등

　탈무드에서는 하인이나 노예도 주인과 마찬가지로 같은 음식을 먹어야 한다고 가르친다.

　어느 전선의 부대장이 자신을 찾아온 손님과 함께 식사를 하려고 하는데 일반 사병이 맥주를 가져왔다.

　"이 맥주는 사병들에게도 지급되었는가?"

　"아닙니다. 들어온 맥주의 양이 적어서 오늘은 여기에만 들여왔습니다."

　"그렇다면 오늘은 나도 마시지 않겠네."

▌죄

인간은 누구나 죄를 범한다.

유대인들은 어떤 사람이 죄를 짓게 되면, 본래 죄를 범할 이유가 없는데 우연히 죄를 범하게 된 것이라고 생각한다. 이것은 마치 화살을 표적에 맞출 능력이 있음에도 불구하고 상황이 여의치 않아 맞추지 못한 것일 뿐이라고 여기는 것과 매한가지이다.

죄에 대한 용서를 빌 때에도 '나'라는 말을 사용하지 않고 '우리'라고 말한다. 비록 혼자서 범한 죄일지라도 혼자서 저지른 죄가 아닌, 여러 사람들의 죄라고 생각하는 것이다.

왜냐하면 유대인은 모두 한 가족이며 한 사람의 죄는 가족 모두의 죄라고 생각하기 때문이다.

누군가가 물건을 훔치면 죄를 지은 사람뿐만 아니라, 물건을 잃어버린 사람도 용서를 빈다. 자신의 관심이 부족하여 다른 사람이 도둑질을 하게 만들었다고 생각하기 때문이다.

▌쥔 손과 편 손

사람은 태어날 때, 손을 꼭 쥐고 있다. 반대로 죽을 때에는 손을 쫙 펴고 있다. 그 이유는 무엇일까?

태어날 때에는 세상의 모든 것을 붙잡으려 하기 때문에 쥐고 있는 것이고, 죽을 때에는 모든 것을 남겨지는 사람에게 주고 아무것도 가져가지 않기 때문에 펴고 있는 것이다.

▌스승

유대 민족은 자신의 아버지보다 스승을 더 소중하게 생각한다.

만약, 아버지와 스승이 함께 감옥에 있게 되었을 경우, 어느 한 사람만 구출할 수 있다면 아들은 주저 없이 스승을 구출한다.

유대 민족이 지식을 전하는 스승을 그 누구보다 중요하게 생각하는 까닭이다.

▌인간

인간은 삶을 통해 세 가지의 이름을 갖게 된다.

하나는 태어났을 때 부모님이 지어주는 이름이고, 다른 하나는 친구들이 우정을 담아 불러주는 이름이며, 나머지 하나는 생이 끝났을 때 얻어지는 명성이다.

인간은 타인의 사소한 피부병은 쉽게 알아차리고 꺼려도 자신의 중병은 알아내지 못한다. 인간은 마음 가까이에 유방을 갖고 있으나, 동물들은 마음에서 멀리 떨어진 곳에 유방이 있다. 이것은 신의 깊은 배려에 의한 것이다.

인간은 이십 년 걸려서 배운 것들을 단 이 년 만에 잊을 수도 있다. 반성하는 사람이 서 있는 땅은, 매우 훌륭한 랍비가 서 있는 땅보다 거룩하다. 휴일은 인간을 위해 주어진 것이지, 인간이 휴일을 위해 존재하는 것은 아니다.

▌동물

　고양이와 쥐가 함께 먹이를 먹는 동안에는 서로 다
투지 않는다. 여우의 머리가 되기보다는 차라리 사자
의 꼬리가 되어라.

　한 마리의 개가 짖기 시작하면 온 동네의 개들이 모
두 짖어댄다.

　동물은 자기와 같은 종류의 동물들끼리 생활한다.

　늑대는 결코 양과 어울리지 않고 하이에나 역시 개
와 어울리지 않는다. 이것은 부자와 가난한 사람도 마
찬가지다.

▌인생

환경에 따라 인간의 명예가 높아지는 것이 아니라, 인간이 환경을 명예롭게 하는 것이다.

인류는 오직 하나의 조상만을 가지고 있을 뿐이다. 그러므로 어느 한 인간이 다른 인간보다 뛰어나다는 것은 있을 수 없다.

당신이 만약 어느 한 인간을 죽였다면, 그것은 전 인류를 죽인 것과 같다. 반대로 한 사람의 생명을 구한다면, 전 인류를 구한 것과 같다. 왜냐하면 세상은 한 인간에 의해 시작되었기 때문이다. 만약 그 최초의 인간을 죽였다면 오늘날 인류는 존재하지 않았을 것이다.

요령 있는 사람과 현명한 사람 간에는 분명히 차이가 있다.

요령 있는 사람은 현명한 사람이 결코 벗어나지 못할 곤란한 상황에서 요령 있게 빠져 나올 줄 안다.

어떤 사람은 겉으로는 젊지만 내면은 늙어 있고, 또 어떤 사람은 겉으로는 늙었지만 내면은 젊다.

오로지 자신의 결점에만 관심을 갖고 있는 사람은 다른 사람의 결점을 볼 수 없다.

음식을 가지고 장난을 치는 사람은 배고픔의 고통에 대해서 모르는 사람이다.

하루를 공부하지 않으면 그것을 만회하기 위해서는 이틀이 걸린다. 이틀을 공부하지 않으면 그것을 만회하기 위해서는 나흘이 걸린다. 또한 일 년을 공부하지 않으면 그것을 만회하기 위해서는 이 년이 걸린다.

성품이 올바르지 못한 사람은 다른 사람의 수입은 신경을 쓰면서도 자신의 낭비는 마음에 두지 않는다.

눈이 보이지 않는 것보다 마음이 보이지 않는 것이 더 두려운 일이다.

만나는 사람 모두에게서 뭔가를 배우는 사람은 이 세상에서 가장 현명한 사람이다.

강한 사람은 자신을 스스로 억제할 수 있다.

강한 사람은 적을 친구로 바꿀 수 있다.

부자는 자신이 갖고 있는 것에 만족할 줄 안다.

다른 사람을 칭찬할 줄 아는 사람이야말로 진정 칭찬 받을 만하다.

▌평가 기준

유대인은 인간을 세 가지 기준으로 평가한다.

첫째, 키소(돈을 넣는 지갑)

둘째, 코소(술을 마시는 술잔)

셋째, 카소(인간의 분노)

즉 돈을 어떻게 쓰고, 술 마시는 태도는 어떠하며, 인내심이 있는가 없는가를 평가 기준으로 삼는 것이다. 이는 나아가 어떤 삶의 가치를 갖고 있는지를 보고, 무엇을 즐기고 사는지를 보며, 자기의 감정을 얼마나 잘 다스리는지 보는 것이다.

인간은 네 가지 타입으로 나눠진다.

첫째, 내 것은 내 것이고 네 것은 네 것이다.(일반 적인 타입)

둘째, 내 것은 네 것이고 네 것은 내 것이다.(별난 타입)

셋째, 내 것은 네 것이고 네 것도 네 것이다.(정의 감이 강한 타입)

넷째, 내 것은 내 것이고 네 것도 내 것이다.(나쁜
   타입)

현자를 대하는 인간의 태도는 세 가지 타입으로 나
뉜다.
첫째, 무엇이든 무조건 받아들인다.(스펀지 타입)
둘째, 한 귀로 듣고 한 귀로 흘려버린다.(터널 타
   입)
셋째, 중요한 것과 그렇지 않은 것을 마치 체로 거
   르듯 구분해서 듣는다.(체 타입)

현명한 사람에게는 일곱 가지 장점이 있다.
첫째, 자신보다 현명한 사람의 말은 귀 기울여 듣
   는다.
둘째, 상대방의 말을 중단시키지 않는다.
셋째, 대답하기 전에 먼저 생각한다.
넷째, 항상 적절한 질문을 하고 대답은 조리 있게
   한다.
다섯째, 처음에 해야 할 일과 나중에 해야 할 일을
   정확히 알고 행동한다.
여섯째, 모르는 것은 솔직하게 인정한다.

일곱째, 항상 진실을 존중한다.

인간에게는 세 가지 벗이 있다.
그것은 바로 자식과 부와 선행을 말한다.

▌여자

어떤 남자일지라도 여자의 신비스러운 아름다움 앞에서는 저항하지 못한다.

여자의 질투심에는 하나의 원인밖에 없다.

여자는 자신의 외모를 가장 소중하게 여긴다.

여자는 남자보다 육감이 빠르다.

여자는 남자보다 정이 두텁다.

여자는 비합리적인 신앙에 빠지기 쉽다.

불순한 동기에서 생긴 애정은 그 동기가 없어지면 애정도 사라져 버린다.

사랑을 하고 있을 때에는 타인의 충고가 귀에 들어오지 않는다.

여자가 술을 한 잔 하는 것은 좋은 일이다. 하지만 두 잔을 마시면 품위를 잃고, 석 잔째는 부도덕하게 된다. 넉 잔을 마시면 스스로 자멸해 버린다.

정열로 인해 결혼을 하지만, 정열은 결혼보다 오래가지 못한다.

남자가 여자에게 끌리는 것은 남자의 갈비뼈로 여

자를 만들었으므로 자신이 잃어버린 것을 되찾으려 하기 때문이다.

하느님이 최초의 여자를 남자의 머리로 만들지 않은 것은 여자가 남자를 지배하지 않도록 하기 위해서였다. 남자의 발로 만들지 않은 것은 남자의 노예가 되지 않도록 하기 위해서였다.

그 대신 갈비뼈로 여자를 만든 것은 여자를 항상 남자의 마음 가까이에 있게 하기 위해서였다.

▮ 위생관념

유대인에게는 철저한 위생관념이 있는데, 그중에서 몇 가지만 살펴보기로 하자.

컵을 사용하여 물을 마실 때에는 사용하기 전에 씻고 사용한 후에도 씻어야 한다.

자신이 사용한 컵을 씻지 않고 다른 사람에게 건네주어서는 안 된다.

눈에 안약을 넣기보다는 매일 아침저녁으로 눈을 씻는 것이 더 낫다.

의사가 없는 곳에서는 살지 말라.

화장실에 가고 싶을 때에는 한 순간도 참지 말고 즉시 가도록 하라.

술

술이 머리로 들어가면 비밀이 밖으로 밀려나온다.

시중드는 사람이 공손하면 어떤 술이라도 좋은 술이 된다.

악마가 너무 바빠 사람들을 찾아갈 수 없을 때에는 대신 술을 보낸다.

포도주는 오래되면 오래될수록 맛이 좋아진다. 지혜도 마찬가지다. 세월이 갈수록 지혜는 더욱 빛이 난다.

아침에 늦잠을 자고 낮에는 술을 마시며 저녁은 잡담하는 것으로 시간을 보낸다면, 일생을 너무 쉽게 헛된 것으로 만들 수 있다.

포도주는 금이나 은그릇으로는 잘 빚어지지 않지만, 지혜로 만들어진 그릇에서는 잘 빚어진다.

▌가정

부부가 진정으로 서로를 사랑하고 있으면 칼날처럼 폭이 좁은 침대에서도 함께 잘 수 있다. 반면에 사이가 좋지 않을 때에는 폭이 몇 미터나 되는 넓은 침대도 좁게 느껴진다. 세상에서 가장 행복한 남자는 좋은 아내를 얻은 사람이다.

남자는 결혼을 하면 죄가 늘어난다.

아내를 이유 없이 괴롭히지 말라. 하느님은 그녀의 눈물방울을 세고 계신다. 모든 병중에서 마음의 병만큼 괴로운 것이 없으며, 모든 악 중에서 악처만큼 나쁜 것도 없다. 세상에서 그 무엇과도 바꿀 수 없는 것은 젊었을 때 결혼하여 함께 살아온 늙은 아내다.

남자의 집은 바로 아내다. 아내를 선택할 때에는 겁쟁이가 되어라. 여자를 만나보지 않고 결혼해서는 안 된다.

자식을 기르면서 절대 차별하지 말라. 자식은 어릴 때는 엄하게 다스리고 자란 뒤에는 꾸짖지 말라. 자식을 엄하게 다스리되, 두려워하게 만들어서는 안 된다. 자식을 꾸짖을 때에는 따끔하게 꾸짖되, 계속해서 잔소리를 늘어놓아서는 안 된다.

아이들은 부모의 말을 흉내낸다. 그러므로 아이들의 말을 통해 그 부모의 성품을 알 수 있다. 아이와의 약속은 반드시 지켜라. 그렇지 않으면 아이에게 거짓말 하는 것을 가르치는 셈이 된다.

가정에서 부도덕한 일을 하는 것은 과일에 벌레가 생긴 것처럼 알지 못하는 사이에 퍼져나간다.

아이는 아버지를 존경하지 않으면 안 된다. 아버지의 자리에 자식이 앉아서는 안 된다. 아버지에게 말대꾸를 해서는 안 된다. 아버지가 다른 사람과 말다툼을 할 때, 자식이 다른 사람의 편을 들어서는 안 된다. 자식이 아버지를 공경하고 순종하는 것은 아버지가 자식을 위해 먹을 것과 입을 것을 구해주기 때문이다.

▋ 친구와 우정

아내를 선택할 때에는 수준을 한 단계 내리고,
친구를 선택할 때에는 수준을 한 단계 높여라.

친구가 화났을 때에는 그를 달래려 하지 말고,
슬픔에 잠겼을 때에는 위로하려 하지 말라.

만약 친구가 야채를 갖고 있거든, 그에게 고기를 주
어라.

친구가 당신에게 꿀처럼 달콤할지라도 그것을 모조
리 빨아먹지는 말라.

성性

야다YADA라는 말은 히브리어로 행위를 의미한다.
동시에 '상대방을 안다'는 뜻을 지니고 있다. 흔히 '사
랑하는 것은 아는 것이다'라고 하는데, 이것은 '사랑
하는 것은 함께 자는 것'이라고 해석할 수도 있는 까
닭이다.

야다는 창조 행위로 이것 없이는 자기완성을 이룰
수 없다. 야다는 일생 동안 단 한 사람만을 상대로 해
야 한다.

성은 자연의 일부다. 그러므로 성행위를 할 때에는
무엇 하나 부자연스러워서는 안 된다.

성행위는 극히 개인적인 관계에서 행해야 하고 친
근한 분위기 속에서 이루어져야 한다.

스스로를 컨트롤 할 수 없을 것 같은 자리에서는 성
행위를 해서는 안 되며 아내가 원하지 않을 때에는
성행위를 해서는 안 된다.

▌악惡

악에 대한 충동은 구리와 같다. 따라서 그것이 불 속에 있을 때에는 어떤 모양도 만들어낼 수 있다.

인간에게 악에 대한 충동이 없다면 집도 짓지 않고 아내도 얻지 않고 아이들도 낳지 않고 일도 하지 않을 것이다. 당신에게 악에 대한 충동이 생긴다면, 그 충동을 없애기 위해 뭔가 배울 것을 찾도록 하라.

다른 사람보다 뛰어난 사람은 악에 대한 충동도 그만큼 강하다. 이 세상에 반드시 올바른 일만 하는 사람은 없다. 그들은 나쁜 일도 하고 있다.

악에 대한 충동은 처음에는 달콤하다. 하지만 그것이 끝났을 때에는 매우 쓰다.

인간의 내면에 있는 나쁜 충동은 열세 살 무렵부터 선에 대한 충동보다 강해진다. 죄는 태아 때부터 인간의 마음속에 싹터 성장함에 따라 점점 강해진다.
죄는 미워하되, 사람은 미워하지 말라.

　죄는 처음에는 거미줄처럼 가늘지만, 나중에는 배
를 잡아매는 밧줄처럼 강해진다. 죄는 처음에는 손님
이지만, 그대로 두면 주인을 내쫓고 자기가 주인이
된다.

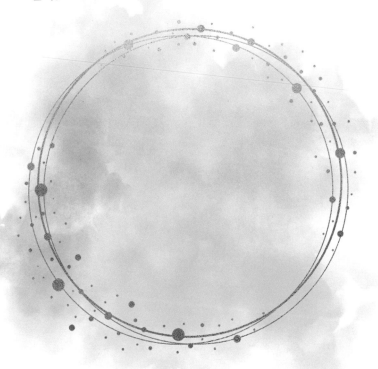

█ 교육

아이들을 가르친다는 것은 백지에 뭔가를 그리는 것과 같다. 나이 든 사람을 가르친다는 것은 글씨가 빽빽이 써 있는 종이에서 여백을 찾아 써넣으려는 것과 같다.

학교가 없는 곳에서는 사람이 살지 못한다.

향수 가게에 들어가면 향수를 사지 않아도 나왔을 때는 향수 냄새가 난다. 가죽 가게에 들어갔다가 나오면 가죽을 사지 않더라도 가죽 냄새가 난다.

자기 자신을 아는 것이 최대의 지식이다.

의사의 충고만 지키면 의사에게 돈을 지불할 일이 없어진다.

귀한 진주를 찾기 위해 값싼 촛불이 사용된다.

우리는 고양이로부터 겸허함을 배울 수 있으며 개미에게서 정직함을 배울 수 있다. 비둘기로부터 정절을 배울 수 있고, 수탉에게서는 재산의 권리를 배울 수 있다.

지식이 얕으면 곧 잃게 된다. 기억을 증진시키는데 있어서 가장 좋은 약은 감탄하는 것이다.

▌ 중상모략

남을 헐뜯는 것은 살인보다 위험하다. 살인은 한 사
람만 죽이지만, 중상모략은 반드시 세 사람을 죽인
다. 중상모략 하는 사람, 이를 말리지 않고 듣는 사
람, 그리고 중상모략의 대상자가 함께 죽는 까닭이
다. 중상모략 하는 것은 무기를 써서 사람을 해치는
것보다 죄가 더 무겁다. 무기는 가까이 가지 않으면
상대를 상처 입힐 수 없지만, 중상모략은 멀리서도
사람을 상처 입힐 수 있다.

불타고 있는 장작에 물을 뿌리면 속까지 차갑게 되
지만, 중상모략으로 화가 난 사람의 마음속 불은 아
무리 사과를 해도 끌 수가 없다. 아무리 마음이 선할
지라도 입이 험한 사람은 훌륭한 궁궐 옆에 악취를
풍기는 가죽공장이 있는 것과 같다.

손가락이 자유롭게 움직이는 이유는 중상모략을 듣
지 않기 위한 것이다. 중상모략이 들리면 얼른 귀를

막아라.

물고기는 언제나 입 때문에 낚싯대에 걸린다. 마찬가지로 사람 역시 입 때문에 걸려든다.

▮ 돈

사람에게 상처를 입히는 세 가지는 고민과 불화, 그리고 텅 빈 지갑이다. 그중에서 텅 빈 지갑은 가장 크게 상처를 입힌다.

몸의 모든 부분은 마음에 의지하고 마음은 돈에 의지하고 있다.

돈은 물건을 사는데 써야지 술을 마시는데 사용되어서는 안 된다. 돈은 나쁜 것도, 저주해야 할 대상도 아니다. 돈은 그저 사람을 축복해 주는 존재일 뿐이다.

돈은 하느님이 주시는 선물을 살 수 있는 기회를 준다.

돈이나 물건은 그냥 주는 것보다는 빌려주는 것이 낫다. 그냥 주게 되면 받은 사람은 준 사람보다 밑에 있지 않으면 안 되지만, 빌리고 빌려주는 사이는 서로 대등한 입장에 놓이게 된다.

▌판사

판사는 겸손하고 항상 선을 행하며 결단을 내릴 때 용기가 있어야 하고 경력이 깨끗한 사람이어야 한다.

판사는 극형을 선고하기 전에 자신의 목에 칼이 꽂히는 상상을 해보아야 한다.

판사는 '진실'과 '평화' 두 가지를 추구해야 한다.

만약 진실만을 쫓는다면 평화가 깨지므로 진실도 파괴하지 않고 평화도 지킬 수 있는 길을 발견해야 한다. 그것이 바로 타협이다.